TANNER

Instantes de pasión

JOAN HOHL

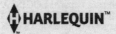

Editado por Harlequin Ibérica.
Una división de HarperCollins Ibérica, S.A.
Núñez de Balboa, 56
28001 Madrid

© 2007 Joan Hohl
© 2016 Harlequin Ibérica, una división de HarperCollins Ibérica, S.A.
Instantes de pasión, n.º 3 - 16.3.16
Título original: Maverick
Publicada originalmente por Silhouette® Books.
Este título fue publicado originalmente en español en 2007

I.S.B.N.: 978-84-687-7995-9
Depósito legal: M-40520-2015
Impresión en CPI (Barcelona)
Fecha impresion para Argentina: 12.9.16
Distribuidor exclusivo para España: LOGISTA
Distribuidores para México: CODIPLYRSA y Despacho Flores
Distribuidores para Argentina: Interior, DGP, S.A. Alvarado 2118.
Cap. Fed./Buenos Aires y Gran Buenos Aires, VACCARO HNOS.

Capítulo Uno

Desde luego, era una mujer despampanante.

Tanner arqueó una ceja al ver a la mujer que acababa de llamar al timbre de su casa.

–¿Señor Wolfe?

Tanner sintió un hormigueo en la base de la espalda. Su voz tenía el efecto de un chorro de miel deslizándose por el cuerpo. Sus ojos eran del color del brandi, su cabello del color del vino tinto. Y combinados, producían un calor parecido al que provocaban esas bebidas al ingerirse.

–Sí –contestó orgulloso de su calmado y casi aburrido tono de voz, cuando aburrimiento era lo último que sentía. Arqueó una ceja y permaneció allí de pie, vestido de manera casual pero elegante.

–¿Puedo pasar? –preguntó ella, y arqueó una ceja, imitándolo.

El hormigueo se hizo más intenso. Hacía mucho tiempo que una mujer no le causaba ese efecto en el primer encuentro. Y, pensándolo bien, ninguna mujer había tenido ese efecto sobre él.

–¿Cómo se llama? –preguntó él.

–Brianna Stewart –contestó ella, y le tendió una delicada mano–. Ahora, ¿puedo pasar?

3

Él le estrechó la mano, dio un paso atrás y abrió más la puerta para dejarla entrar. Sentía curiosidad por aquella valiente mujer que se atrevía a entrar en el apartamento de un desconocido.

–Gracias –dijo ella, y pasó junto a él caminando erguida y con seguridad.

–¿Qué puedo hacer por usted, señorita Stewart? –preguntó él. «Aparte de tomarla en brazos y llevarla a mi habitación», pensó, y se amonestó después.

–¿Puedo sentarme? –preguntó al entrar al salón y ver una butaca de cuero.

–Sí, claro. ¿Le apetece un café? –no estaba dispuesto a decirle que sería la primera cafetera que pondría al fuego desde que se había despertado media hora antes de que ella llamara al timbre. De hecho, todavía tenía el cabello mojado después de la ducha.

–Me encantaría, gracias –sonrió ella.

Él contuvo un gemido. Su sonrisa le había deslumbrado. ¿Qué diablos le sucedía? Solo era una mujer. Bueno, una mujer despampanante.

–Por supuesto. Tardaré un minuto –Tanner se metió en la cocina, tratando de escapar de sus encantos.

Ella lo siguió hasta la habitación.

–Espero que no le importe, pero también podemos hablar aquí.

«Para ti es fácil decir eso», pensó Tanner.

–No, no me importa, siéntese. ¿Le apetece algo

4

con el café? ¿Galletas, magdalenas, bollitos rellenos calientes…? «¿Yo?».

«Ya basta, Wolfe», se regañó a sí mismo.

Ella se sentó en una silla y preguntó:

–¿De qué son los bollitos calientes?

–De arándanos –dijo él, y sacó dos tazas de un armario.

–Entonces sí, por favor –sonrió ella–. El de arándanos es mi favorito.

Aquella sonrisa iba a provocarle una crisis nerviosa. Esa mujer era letal.

–¿Lo quiere caliente?

–Sí, por favor –sonrió de nuevo.

Tanner sacó dos bollitos y los metió doce segundos en el microondas. Después dejó las tazas de café, un cartón de leche, azúcar y dos cucharillas sobre la mesa.

–¿Quiere mantequilla o mermelada? –preguntó antes de sacar los bollitos.

Ella negó con la cabeza, moviendo su melena rojiza. En ese mismo instante, Tanner decidió que le encantaba su cabello. Era curioso, porque él siempre había preferido las mujeres rubias…

Se sentó frente a ella y empezó directo al grano.

–Bueno, ¿qué ha venido a hacer a Durango y qué puedo hacer por usted? –le preguntó.

–Quiero que encuentre a un hombre para mí –dijo ella con voz calmada.

«¿Y qué tengo yo de malo?», pensó Tanner. Sabía a lo que ella se refería.

–¿Por qué?

–Porque necesitan que lo encuentre –dijo en un duro tono de voz.

Él sonrió.

–¿Quién y por qué?

–Mi hermana, mi padre, mi madre, yo, y la ley.

–¿La ley? ¿Por qué?

Ella respiró hondo, como para contener la rabia.

–Por la violación y el asesinato de una joven y por el intento de violación de otra.

–¿Quién la ha enviado aquí?

Brianna arqueó las cejas.

–Usted es un conocido cazador de recompensas y tiene una excelente reputación.

–Ajá –sonrió él, y preguntó de nuevo–: ¿Quién la ha enviado aquí?

–Sus primos.

–Cariño, tengo muchos primos. Dígame algunos nombres.

–Matt y Lisa.

–Ah, las Amazonas Gemelas –sonrió al recordar a sus primas, Matilda, o Matt, una expolicía; y Lisa, la abogada–. ¿De qué las conoce?

–Lisa es mi abogada. Ella me presentó a Matt –le explicó–. Pero yo ya conocía a su madre. Ella fue mi profesora de Historia en la universidad.

–¿Es usted de Sprucewood? –era su pueblo natal en Pensilvania, donde vivía antes de mudarse a Colorado. Su madre enseñaba Historia en Sprucewood College. Y su padre era el jefe de la policía.

–No –negó con la cabeza–. En realidad no. Soy del barrio residencial de las afueras.

–Y el hombre a quien quiere encontrar es Jay Minnich, ¿verdad? –antes de que ella pudiera responder, añadió–: ¿Es usted la que sufrió el intento de violación?

–No –contestó ella–. Mi hermana pequeña, Danielle. La mujer que él asesinó era la mejor amiga de Dani.

–Eso leí –admitió Tanner.

–¿Lo buscará? –preguntó en tono de súplica–. Tendrá una recompensa –añadió ella.

–Lo sé… Diez mil dólares –dijo como si esa cifra no significara nada para él–. Los ofrece su padre, el fundador y presidente de Sprucewood Bank.

Ella frunció el ceño al oír su tono de voz, pero respondió en tono neutral.

–Sí, pero mi padre ha aumentado la recompensa.

–¿Cuándo? –sin duda, Tanner se habría enterado si lo hubieran anunciado. Y no había oído nada al respecto.

–Ahora.

–¿Repítalo? –se sentía como si se hubiera perdido una parte.

–Deje que le explique.

–Adelante –la invitó a continuar. Se llevó la taza a los labios y la miró fijamente por encima del borde.

–Dani tiene una crisis emocional –dijo con voz triste–. Desde que sucedió todo, se ha encerrado en sí misma. Le aterroriza la posibilidad de que aquel hombre vuelva para matarla, puesto que fue ella quien lo identificó. No sale de casa… Nunca –hizo una pausa y suspiró–. De hecho, apenas sale de su habitación, y siempre se encierra con llave. Incluso nosotros, los familiares, tenemos que identificarnos para que abra la puerta. Y en cuanto entramos, la vuelve a cerrar.

–Es terrible –dijo Tanner–. Es una experiencia horrible para cualquier mujer, sobre todo para alguien de su edad –Tanner había leído que la chica no tenía más de veinte años. Y también sabía que la mujer que estaba frente a él era un poco mayor.

–Sí –dijo Brianna, y continuó al cabo de un instante–. Aunque confiamos en que, tarde o temprano, la justicia encuentre a ese hombre, por la tranquilidad de Dani nos gustaría encontrarlo cuanto antes. Por eso mi padre me ha encargado que busque al mejor cazarrecompensas y le ofrezca una cifra más alta.

Por la información que él había recogido, Tanner sospechaba que ese hombre estaba escondido en algún lugar de las Montañas Rocosas. Aunque hacía poco había oído un rumor acerca de que lo habían visto entre Mesa Verde y la Montaña de San Juan, esa seguía siendo una zona muy amplia para buscar. Tanner ya había pensado en la posibilidad de buscar a aquel hombre, pero todavía estaba muy cansado después de su último trabajo. Aun así, el dinero no le iría mal.

–¿Cuánto más? –preguntó con escepticismo.

–Un millón de dólares.

«Por un millón de dólares merece la pena», pensó Tanner, sin importarle lo cansado que estaba. Una cifra así era suficiente para recargar de energía a cualquiera. Si eso lo convertía en un despiadado, mala suerte. Los chicos buenos rara vez atrapaban a los malos. Incluso los policías tenían que ser despiadados a veces. Él lo sabía, tenía a muchos en su familia.

–¿Y bien? –una mezcla de impaciencia y ansiedad marcaba su tono de voz–. ¿Aceptará el trabajo?

–Sí –dijo él–. Haré una batida por las montañas para encontrarlo.

–Bien –suspiró–. Yo iré con usted.

Durante un instante, Tanner estuvo a punto de estallar y de soltarle montones de negativas. Sin embargo, soltó una carcajada.

–No creo –le dijo–. No voy a cuidar de la hija de un hombre rico mientras recorre las montañas con sus zapatos de tacón.

Brianna golpeó el suelo con uno de sus zapatos y dijo:

–Señor Wolfe, no necesito que nadie cuide de mí, gracias. Sé cuidar de mí misma.

–Sí, claro –se mofó él–. En un restaurante elegante o en una tienda de moda. Regrese a casa junto a su papá, pequeña –le advirtió– Yo lo buscaré solo.

–No creo –soltó ella–. Esta vez habrá dos cazadores en las montañas.

Tanner se rio de nuevo.

Debería haber mantenido la boca cerrada.

Brianna permaneció sentada frente a Tanner Wolfe, mirándolo a los ojos. No había manera de que él pudiera evitar que lo acompañara a buscar a ese hombre. No cuando la felicidad y la vida de su hermana dependían de capturar a su agresor.

Brianna no estaba dispuesta a quedarse sentada sin hacer nada y a dejarlo todo en manos de otro. Tenía que pasar a la acción, formar parte de la búsqueda. Así era como la habían educado y como vivía su vida. La familia estaba por encima de todo lo demás. Incluso cuando estaba en Pensilvania, en la universidad, esa era la manera que ella tenía de llevar la biblioteca de investigación. Siempre al mando.

No importaba que aquello no fuera algo rutinario como encontrar hechos confusos para la tesis de un estudiante o para la conferencia de un profesor. Aquella era una situación de vida o muerte, y podría tratarse de su propia vida.

Pero lo hacía por Dani.

Fulminó a Tanner con una gélida mirada y esperó a que contestara.

–He dicho que no, señorita Stewart –dijo él, con los ojos oscurecidos y los párpados entornados–.

No quiero ser responsable de otra persona. Siempre salgo a cazar solo.

–¿Por qué? –preguntó ella, y se llevó la taza a los labios para dar un trago–. Pensaba que dos cazadores serían mejor que uno.

–¿Por qué? Porque eres una mujer, por eso.

«Una mujer», Brianna se contuvo para no contestar con desdén. El tono arrogante que empleaba aquel hombre la enervaba.

–Tengo entendido que también existen cazadoras de recompensas.

–Las hay –dijo él, y bebió un sorbo de café–. Pero son duras, no niñas de papá, mimadas y elegantes. Aun así, no trabajaría con ninguna de ellas.

Brianna dejó la taza sobre la mesa. Detestaba la actitud condescendiente de aquel hombre. Respiró hondo y contestó:

–Señor Wolfe, no sé nada sobre las otras mujeres, pero esta niña de papá sabe cuidar de sí misma. Mi padre me enseñó a emplear armas de fuego nada más cumplir los doce años. Lo he seguido montaña arriba y montaña abajo. He recorrido parte de África junto a él. Y aunque yo cazo con cámara, soy una experta a la hora de utilizar el rifle y la pistola.

–Estoy impresionado.

Hablaba como si estuviera aburrido.

«Maldita sea», pensó Bri, apretando los dientes para evitar darle un grito.

–No he terminado –dijo muy seria–. También

hago artes marciales y Krav Maga. Sé cómo defenderme.

—Me alegra oírlo —dijo él con impaciencia—. Una mujer debe saber protegerse a sí misma. Pero eso no cambia nada. Seguiré trabajando solo.

Era uno de los Wolfe, independiente y seguro de sí mismo. Eso era evidente, a pesar de su aspecto.

No se trataba de que hubiera algo malo en su aspecto. Era solo que no parecía encajar con el resto de la familia Wolfe.

Sus amigas gemelas, Lisa y Matt, eran rubias y muy guapas. Bri no conocía a sus padres, pero sí había conocido al hermano de su padre, el jefe de policía de Sprucewood, y había visto fotos de otros tíos y primos. Nunca había visto una foto de aquel primo en particular.

Tanner Wolfe era diferente al resto. Por un lado, no tenía el cabello rubio como los demás. Sin embargo, sí era igual de alto que el resto.

Los otros hombres de la familia Wolfe tenían aspecto de agentes de policía duros; sin embargo, Tanner Wolfe tenía cara de santo, con ojos marrones y una sonrisa cálida y engañosa. Su cabello era castaño, con mechas rojizas. Lo tenía ondulado y le llegaba a la altura del hombro.

Cuando lo vio por primera vez, ella estuvo a punto de quedarse sin respiración, y lo primero que pensó fue que se había equivocado de puerta. Aquel hombre con cara de santo no podía ser un duro cazarrecompensas.

Pero lo era.

Se suponía que Tanner Wolfe era uno de los mejores cazadores de delincuentes.

Increíble.

–¿Se ha quedado dormida?

Su voz suave provocó que Bri volviera a la realidad. Pestañeó y contestó:

–No, por supuesto que no –desde luego no iba a contarle que había hecho un repaso de sus atributos masculinos. Ni que se había sentido atraída por él nada más verlo.

–¿Y qué estaba haciendo? –preguntó él, con curiosidad.

–Me preguntaba cómo alguien que parece tan agradable como usted puede ser tan obstinado.

–¿Obstinado? –se rio.

El sonido de su risa la hizo estremecerse.

–Sí, obstinado –dijo ella–. ¿Sabe?, no es razonable que no permita que lo acompañe.

–¿No lo es? –preguntó con el ceño fruncido–. Perseguir a un hombre es un trabajo difícil y peligroso.

–También lo es perseguir a un jabalí salvaje o a un tigre solitario. Y he perseguido a ambos. No soy tonta, señor Wolfe. Soy plenamente consciente del peligro.

–En ese caso, vuelva a casa tranquilamente con su papá y permita que haga el trabajo por el que me pagan.

–No –Bri se puso en pie–. Olvídelo. Buscaré a

13

otro cazarrecompensas, alguien que me permita acompañarlo.

–No –Tanner se levantó de golpe–. Le estoy diciendo que no es seguro.

–Y yo le digo que sé cuidar de mí misma y, posiblemente, incluso podría ayudarlo –dijo con desafío–. Y también le digo que iré, con o sin usted. Eso es decisión suya, señor Wolfe.

–Sin duda, es una niña mimada, ¿no es cierto? –dijo él con rabia y frustración en la voz. La expresión de sus ojos era dura. Y su aspecto de santo se había transformado en el de cazador.

–No –dijo ella–. No lo soy. Estoy segura de mi capacidad y estoy decidida a atrapar a ese monstruo –respiró hondo–. Se lo diré una vez más… Iré, con usted o con otro cazarrecompensas.

Él permaneció en silencio unos segundos, mirándola con ojos entornados, como advirtiéndole que tuviera cuidado. Ella sintió ganas de salir corriendo, pero decidió permanecer firme.

Bri nunca había permitido que un hombre la intimidara.

–Una mujer –añadió ella.

–¿Qué? –preguntó él–. ¿Qué quiere decir?

–Quiero decir que buscaré a una mujer cazarrecompensas.

–No irá a buscar a ese asesino con otra mujer.

–Iré con quien me plazca –dijo con resignación.

Aunque su mirada denotaba rabia, suspiró a modo de concesión.

–Está bien, usted gana. La llevaré conmigo. Pero quiero que comprenda una cosa antes de que continuemos adelante.

–¿El qué? –Bri tuvo que contenerse para no mostrar su sentimiento de victoria.

–Yo daré las órdenes.

–Pero…

–Y usted las seguirá, sin preguntar ni protestar.

Bri se quedó paralizada por la rabia. «¿Quién se ha creído que es?», pensó en silencio. Pero, incapaz de ocultar sus sentimientos, contestó:

–No soy una niña para que me den órdenes. ¿Quién se ha creído que es?

–Soy el cazarrecompensas que usted quiere. Si no, no habría venido a buscarme –sonrió y la miró de arriba abajo–. Para que lo sepa, soy consciente de que no es una niña. Sin embargo, esos son mis requisitos.

La derrota era algo difícil de aceptar, pero Bri sabía que no tenía otra opción. Había ido a buscarlo, y no solo porque se lo hubieran aconsejado sus primos o sus amigos.

Había investigado y había llegado a la conclusión de que Tanner era uno de los mejores cazadores de recompensas de la zona, y muchos opinaban que era el mejor para buscar al asesino en terrenos difíciles, como en las montañas.

–Está bien –aceptó al fin. Creía que debía sentir humo saliéndole por las orejas, sin embargo, se sentía… ¿Protegida? «No», negó con la cabeza.

Tanner Wolfe no se sentía su protector, se sentía alguien superior.

–Bien –contestó él, y dio una palmadita sobre la mesa–. Siéntese. Tenemos que planear muchas cosas.

Bri se sentó de nuevo. Agarró la taza, bebió un sorbo y la dejó en la mesa.

–Se habrá enfriado –Tanner agarró las tazas y se volvió–. Serviré un poco más –arqueó las cejas–. ¿Y qué me dice de su bollito caliente?

Bri negó con la cabeza.

–No, gracias. Está bien así –se llevó el bollo a la boca y mordió un poco–. Está muy rico.

–Como quiera –se encogió de hombros y se volvió de nuevo.

Ella lo miró mientras se comía el bollo, observándolo por detrás. Tenía un bonito trasero, firme y tenso. Su espalda era ancha y musculosa, pero estilizada.

Tanner regresó a la mesa con las tazas llenas, y ella aprovechó para mirarlo por delante. Aquella imagen era mucho mejor.

Su torso musculoso terminaba en una fina cintura. Tenía las piernas largas y los pantalones vaqueros resaltaban su musculatura. Él la miraba en silencio.

Los rasgos de su rostro parecían esculpidos en mármol. Su nariz recta, sus pómulos prominentes, su mentón definido... Habría parecido una estatua si no hubiera tenido una mirada tan dulce y una sonrisa tan tierna. De pronto, Bri experimentó de nuevo esa extraña sensación interna. «¿Por qué?». No sabía la respuesta, y eso la molestaba.

–¿Qué mira? –preguntó él, sacándola de su ensimismamiento.

«Maldita sea», pensó ella, al ver que él la había pillado una vez más. ¿Qué diablos le estaba sucediendo? Nunca se había sentido tan afectada por un hombre. Y la única vez que había sentido algo parecido, había sido un desastre.

–A usted –admitió Bri–. Estoy tratando de imaginar cómo es.

–¿Y cómo me imagina? –sonrió él.

–No demasiado bien –dijo ella, y sonrió también–. No es fácil de imaginar.

–No se sienta mal –dijo él–. Yo tampoco puedo imaginar cómo es usted. Seguro que no es como aparenta ser.

Bri arqueó las cejas.

–¿Y cómo aparento ser?

Él la miró un instante.

–Mi primera impresión fue que era una mujer bella, muy bien vestida y educada.

A pesar de que sospechaba que eran cumplidos sin más, Bri se sonrojó. No solo a causa de sus palabras, sino por la admiración que veía en su mirada.

–Yo… No sé…

Tanner la hizo callar con un leve movimiento de cabeza.

–No se ponga nerviosa. Dudo que mi opinión acerca de cómo creo que es en realidad le agrade tanto.

Bri se llevó la taza a los labios y dijo:

–Continúe –se esforzó por hablar con frialdad.

–Creo que es una niña mimada –dijo él con sinceridad–. Quiere lo que quiere y cuando lo quiere. Creo que es una mujer egocéntrica y demasiado segura de sí misma.

Bri no tenía ni idea de por qué le molestaba la opinión que Tanner tenía de ella, pero así era. Y mucho. Normalmente, no era tan sensible a las opiniones que los demás tenían de ella.

–¿Y ahora quiere contarme lo que usted piensa de mí?

–Por supuesto –dijo Bri–, pero primero me gustaría que me contara cómo ha llegado a esa conclusión, si apenas ha pasado tiempo conmigo.

–Es fácil –se rio Tanner–. Porque su forma de ser se parece mucho a la mía –hizo una pausa y se rio de nuevo–. La única diferencia es que yo no soy atractivo.

Capítulo Dos

–¿Es un hombre mimado? –ella no pudo evitar reírse, y creía que estaba equivocado en una cosa. Era atractivo, y mucho.

–Sí –contestó él, riéndose también–. Tengo unos padres estupendos que además de inculcar a sus hijos valores, ética, buen comportamiento y el conocimiento de las tareas domésticas, nos mimaron demasiado. En el buen sentido –añadió con una sonrisa.

–Tiene dos hermanos, ambos mayores que usted, ¿no es así? –preguntó ella, aunque conocía la respuesta.

–Sí –asintió con la cabeza–. Justin es el mayor, y tiene treinta y dos años. Luego está Jeffrey, que tiene treinta. Y por último, yo, con veintinueve –sonrió de nuevo–. Y también tengo unos cuantos primos.

–Eso he oído –sonrió ella.

–¿Cuántos años tiene?

–Veintisiete –contestó ella.

–Es demasiado joven para arriesgar su vida recorriendo las montañas en busca de un asesino.

Bri suspiró antes de contestar.

–Creía que ya habíamos solucionado ese tema, señor Wolfe. Voy a ir con usted, punto.

–Lo sé, pero debía intentarlo una vez más –suspiró también–. Y me llamo Tanner. No me gustaría escuchar señor Wolfe, una y otra vez, hasta quién sabe cuándo.

–Está bien… Tanner –convino ella–. Mis amigos me llaman Bri.

–Qué lástima –dijo, y sonrió al ver la cara de asombro que ponía ella–. Brianna me gusta más. Es un nombre precioso y te queda muy bien. Como tú, tiene clase.

Bri notó que una oleada de placer la invadía por dentro. ¿La consideraba bella y con clase? Aunque muchos hombres le habían dicho lo mismo, su comentario la dejó sin habla durante varios segundos.

–Gracias –murmuró al fin–. Eres muy amable –dijo, y se arrepintió de su comentario al instante.

–De nada –dijo Tanner, conteniendo una sonrisa.

Ella se rio de sí misma.

–¡Qué tonta!

Él negó con la cabeza.

–No, sorprendente. Pensaba que estarías acostumbrada a los cumplidos.

–Bueno, sí –dijo ella–, pero…

–¿Pero qué? –preguntó con un brillo en la mirada.

–Oh, dejémoslo –dijo ella. No estaba dispuesta

a admitir que se había puesto nerviosa porque se sentía atraída por él.

–¿Por qué?

–¿Qué quieres decir con «por qué»? –frunció el ceño–. Porque es una tontería, por eso.

–Qué pena –suspiró él–. Ahora que empezaba a ponerse interesante.

«Este hombre es imposible. Atractivo, muy sexy, pero imposible», pensó ella.

–Creo que es hora de que nos pongamos manos a la obra.

Él suspiró una vez más. Bri se contuvo para no reírse y se sorprendió de lo mucho que estaba disfrutando de sus bromas, por no mencionar de su compañía y de su atractivo.

–¿Estás enfurruñado? –preguntó ella, al cabo de un momento. Un momento durante el que solo había pensado en él.

Tanner sonrió.

–Yo nunca me enfurruño. Los niños se enfurruñan. Y, por si no te has dado cuenta, yo soy un hombre, no un niño.

–Oh, ya me he fijado –dijo ella, pensando en que se había percatado perfectamente.

–Yo también me he fijado en ti –dijo él con una sonrisa.

Su sonrisa era una invitación a la más pura tentación. «Tranquila», se ordenó Bri, tratando de controlar los rápidos latidos de su corazón.

Pero Tanner era un hombre sexy y atractivo. Y

ella era tan susceptible como cualquier otra mujer.
¿Por qué el diablo tenía que tener aspecto de ángel?

Tanner sonrió con picardía.

Bri sintió que un intenso calor le invadía el
cuerpo. «Ya basta», se amonestó, pero no le sirvió
de nada.

–Um… Creo que es hora de ponerse a hablar de
trabajo.

–Qué lástima –dijo Tanner, tratando de fingir
tristeza–. Pero, si insistes, iremos al grano.

–Insisto. ¿En qué consiste?

–Hay que fijar una fecha para salir y reunir todo
lo que necesitaremos para el viaje.

–Puedo salir mañana mismo.

–Todavía no te he contado todo lo que necesitaremos llevar con nosotros –dijo él–, así que ¿cómo
puedes estar preparada para salir mañana?

Ella lo miró con impaciencia.

–Si lo recuerdas, te he dicho que he ido muchas
veces de cacería desde que era niña. Sé muy bien lo
que hay que llevar.

–De acuerdo, pequeña. Pero creo que haré una
lista, solo para asegurarnos de que estamos de
acuerdo –se puso en pie y se acercó a la encimera.
Abrió un armario y sacó un bloc de notas y un lá-
piz–. ¿Quieres más café? –se volvió para mirarla.

–No, gracias –contestó Bri, y miró el reloj–.
¿Cuánto tardaremos?

–¿Por qué? –preguntó él, arqueando una ceja–.
¿Tienes prisa?

–No, pero lo único que he hecho ha sido registrarme en el hotel y pedir mi llave. Dejé mis cosas con el botones y vine directamente.

–¿Cómo sabías que estaría aquí?

–Me lo dijo Lisa –sonrió–. Anoche habló con tu madre, y ella le dijo que habías llamado y que le habías dicho que acababas de regresar.

Tanner frunció el ceño.

Bri se apresuró a aclarar el comentario.

–Tu madre sabía que yo iba a venir para intentar contratarte –respiró hondo y continuó–: Le dijo a Lisa que la llamaría en cuanto supiera algo de ti.

–Mujeres –suspiró Tanner, y negó con la cabeza.

–¿Qué tienen de malo las mujeres?

–Igual que a los niños, la mayor parte del tiempo es mejor verlas que oírlas.

Bri se quedó sin habla unos instantes.

–Señor Wolfe, ese es el comentario más estúpido y sexista que he oído nunca. ¿En qué siglo vive usted?

–Cariño, vivo en el aquí y ahora –dijo él con tranquilidad–. Puede que no sea políticamente correcto, pero soy sincero. Así de simple.

–Olvídalo.

–Está bien. Ahora…

–No –negó con la cabeza, echó la silla hacia atrás y se puso en pie–. Quiero decir que te olvides de ir a buscar a ese hombre. Contrataré a otro –se volvió para marcharse–. O lo buscaré yo misma.

–No, no lo harás –le ordenó él–. Yo iré, con o sin ti –añadió–. Ahora, Brianna, siéntate y pongámonos a trabajar.

Bri dudó un instante y pensó que si tuviera algún sentido del orgullo, habría mandado a Tanner Wolfe al infierno y habría salido de allí en busca de otro cazarrecompensas. Pero el sentido debía de haberla abandonado, porque suspiró y se sentó de nuevo.

–Chica lista –comentó él con una sonrisa–. Venga, vamos a ello.

«Chica lista. Sí, claro», pensó ella, y trató de recordar que el bienestar de Dani era su prioridad.

–Pistolas.

–¿Qué? –preguntó Bri, regresando a la realidad.

–Dijiste que tenías tus recursos –dijo él con paciencia–. ¿Qué tipo de armas tienes?

–Oh –Bri se sintió estúpida pero, tratando de demostrarle que era una chica lista, contestó–: Tengo un rifle de largo alcance y un revólver –arqueó las cejas al ver la expresión de Tanner–. ¿Y tú qué tienes?

–Un 30-06 y un rifle de siete milímetros con el mismo alcance, y una mágnum 44 –parecía impresionado–. Y tú sí que tienes un verdadero armamento.

«No tanto como tú», pensó ella refiriéndose a su cuerpo y no a las armas.

–Te dije que sabía lo que hacía –dijo ella–. ¿Algo más?

–¿Ropa, mochila, saco de dormir?

–Sí –frunció los labios–. Todo.

Él sonrió.

–¿Quieres contarme cómo son? Dame solo una pista.

Bri suspiró y contuvo la sonrisa que sus labios amenazaban con esbozar.

¿Por qué tenía que ser tan atractivo?

–Tengo ropa de montaña y una chaqueta de esquí en la mochila. Mi saco de dormir es impermeable y de los mejores. Lo coloco sobre una ligera esterilla. ¿Alguna otra pregunta?

–De hecho, sí –dijo él–. ¿Qué hay de la comida? ¿Has pensado en ello?

–Por supuesto que sí, pero no he traído mucha conmigo. Suponía que podríamos conseguir lo que necesitáramos en Durango.

Él asintió.

–Suponías bien –se puso en pie–. Vamos a comer. Iremos en mi camioneta.

–Espera un momento –protestó ella. Se puso en pie y lo siguió a la cocina– ¿Quién ha dicho nada de ir a comer?

–Yo –miró el reloj que había colgado en la pared–. Es casi la una. Tengo hambre de algo más sustancioso que un bollo. ¿Tú no?

–Bueno, sí –admitió ella–. ¿Por qué no vamos en dos coches?

Tanner se detuvo y abrió la puerta para que pasara.

–¿Conoces Durango?

Ella nunca había estado en Durango, en Colorado.

–Bueno, no, pero...

–Lo que me imaginaba. Iremos en mi camioneta.

Bri no tenía intención de aceptar.

–Quiero ir al hotel a refrescarme un poco. Dame la dirección. Me reuniré contigo en el restaurante dentro de media hora.

El restaurante que Tanner le había indicado estaba decorado al estilo del oeste. Al mediodía, no había demasiada gente y el lugar estaba bastante tranquilo.

–Es un sitio bonito –le dijo Bri a Tanner mientras se sentaba en la silla que le ofrecía el camarero–. Gracias –le dijo al hombre.

–Espera a probar la comida –dijo Tanner.

Ella miró la larga lista de platos que se ofrecían en el menú. Eligió un plato de pasta con gambas salteadas a las finas hierbas. Estaba convencida de que Tanner pediría un chuletón poco hecho, pero al oír lo que le pedía al camarero se sorprendió.

–Yo también quiero pasta, pero con pollo.

Acababa de marcharse el camarero cuando una joven se detuvo junto a la mesa. Era una chica rubia, menuda y muy guapa. Sus grandes ojos azules brillaban de sorpresa y su sonrisa era sensual.

–¡Tanner, cariño! –exclamó la chica, y se lanzó a sus brazos cuando él se levantó–. Hace años que no te veo. ¿Dónde te habías metido?

Por algún motivo, todo lo que tenía aquella mujer le molestaba a Bri. Desde su voz hasta la manera posesiva en la que abrazaba a Tanner. Durante unos segundos, Bri se molestó también al ver cómo Tanner sonreía a la mujer que se aferraba a él, pero al oír su respuesta, se recuperó enseguida.

–Candy, sigo midiendo lo mismo que la última vez que te vi… hace años. ¿Cuánto ha pasado, una o dos semanas?

Bri consiguió controlarse para no soltar una carcajada.

–Brianna, me gustaría presentarte a Candy Saunders. También es del este…

–De The Hamptons –intervino Candy, interrumpiendo a Tanner. De pronto, su dulzura había desaparecido y miraba a Bri con desdén.

Con cara de aburrido, Tanner miró a Bri y esbozó una sonrisa.

–Candy de The Hamptons, te presento a Brianna Stewart de Pensilvania.

–Encantada –dijo Candy fingiendo ser educada–. ¿Has venido a visitar a alguien en Durango? –arqueó una ceja–. ¿A algún amigo de Tanner, quizá?

Bri no sabía si reírse o darle un bofetón a aquella mujer. Al final, no hizo ninguna de las dos cosas y contestó:

–No, no estoy de visita. Tengo un asunto pendiente con el señor Wolfe.

–¿De veras? –preguntó la chica.

–Sí, de veras –contestó Tanner–. ¿Si nos disculpas? –señaló la mesa del fondo–. Creo que tu amigo está impaciente por verte.

–Por supuesto, cariño –le acarició el rostro–. Hasta pronto –le dijo. Retiró la mano y movió los dedos delante de él–. Llámame –añadió, y se marchó sin mirar a Bri.

–¿Hasta pronto? –conteniendo la risa, Bri se sentó de nuevo justo en el momento en que el camarero les servía la comida.

–Esa es Candy –dijo Tanner, y se encogió de hombros.

–¿Una buena amiga tuya? –preguntó ella, sin pensar.

–No –contestó Tanner, y negó con la cabeza, de forma que los rizos le acariciaron los hombros–. Me temo que es un poco tonta, y llama cariño a todos los hombres con ese tono empalagoso –se encogió de hombros–. Pero a veces es educada e incluso divertida.

–Ya –Bri ocultó un gesto de insatisfacción al agachar la cabeza para inhalar el aroma que desprendía su plato.

La comida estaba deliciosa. La conversación, variada. Desde qué comidas eran sus favoritas hasta qué tipo de cine les gustaba ver. Bri se relajó y bajó la guardia.

Era un error que casi nunca cometía.

Al salir del restaurante, Tanner le preguntó de camino a los coches:

—¿Dónde te alojas?

—En el Strater Hotel. Es estupendo.

—Sí, un monumento histórico, construido en 1887. Will Rogers se alojaba allí. Y Louis L'Amour escribió varias de sus novelas del oeste mientras se alojaba allí también.

—Debió de quedarse mucho tiempo —dijo ella, sonriendo—. O escribir muy deprisa.

Él sonrió.

Bri sintió que algo en su interior se volvía muy blando. ¿Por qué tenía que tener una sonrisa tan sexy? Tragó saliva y se alegró de llegar a su coche alquilado.

—Este es el mío.

—El mío está justo detrás —señaló con la cabeza—. Tengo que hacer algunas llamadas antes de ir a comprar la comida, y también terminar algunas cosas mañana. ¿Te parece que te recoja pasado mañana? Me gustaría empezar temprano. ¿A las cinco te parece bien?

—Vendrás, ¿verdad?

—¿No te acabo de decir que lo haré? —preguntó en tono de rabia.

—Sí —dijo Bri—. Pero quería asegurarme de que no te irías sin mí.

–¿Qué tratas de insinuar? –negó con la cabeza–. ¿Creías que…?

–¿Que ibas a marcharte solo, dejándome a mí en Durango? –terminó la frase por él–. Pues sí, señor Wolfe, eso es exactamente lo que pensaba que podría intentar. Supongo que no debería haber escuchado a sus primos. Ellos me advirtieron que usted era un hombre solitario, un inconformista que siempre recorre el camino solo –al ver que él comenzaba a hablar, continuó–: Era eso lo que pretendías hacer, ¿verdad?

–De acuerdo, admito que prefiero cazar solo, como siempre he hecho. Pero he aceptado que vengas conmigo, así que ¿de dónde has sacado la idea de que iba a marcharme sin ti? –Tanner parecía enfadado y se había puesto tenso.

Bri no estaba impresionada ni por su tono de voz ni por su aspecto. Al menos, eso consiguió aparentar. En realidad, estaba temblando. Pero solo porque estaba igual de enfadada que él.

–Oh, ¿y no puede ser porque pareces ansioso por deshacerte de mí antes de reunir las cosas que necesitamos? Podría haber funcionado, de no ser por un pequeño detalle. Olvidaste que soy yo la que lleva el talonario.

–No olvidé absolutamente nada.

Guau. Si ella pensaba que él estaba enfadado, se equivocaba. Estaba furioso. Y parecía muy aterrador.

–Bien, porque si me hubieras engañado con tu

dulce conversación del restaurante y te hubieras marchado para traer a ese bastardo tú solo, no habrías conseguido ni un centavo más de los diez mil dólares originales.

–¿Has terminado? –preguntó Tanner con frialdad.

–Sí –consiguió contestar ella manteniendo la calma.

–¿Te sientes mejor después de haberme echado ese sermón? –había algo nuevo y peligroso en su tono de voz que hizo que ella se estremeciera.

–No era un sermón –dijo ella en tono desafiante.

–Podrías haberme engañado –dijo él–. Y no hubo ninguna dulce conversación en el restaurante. Supongo que no soy muy listo, porque pensé que estábamos disfrutando de conocernos el uno al otro –la miró–. ¿Qué te ha hecho pensar que era una encerrona?

«¿Cómo se puede explicar un presentimiento?», se preguntó ella. ¿Una dura lección aprendida de un hombre que era un profesional a la hora de tomarles el pelo a las mujeres?

–No estoy segura –admitió ella–. Cuando estábamos hablando, me relajé, y al instante comencé a sospechar –trató de convencerse de que el presentimiento nada tenía que ver con el hecho de que él hubiera permitido que Candy lo abrazara.

En el fondo, sospechaba que él tenía prisa por deshacerse de ella para poder regresar al restaurante a buscar el postre. Y que después, recogería sus cosas y se marcharía a la montaña sin ella.

Bri ignoró la sospecha. No había manera de que pudiera contársela a Tanner.

–¿Quieres pasar las dos próximas noches conmigo?

«Sí», pensó ella.

–No –contestó al fin.

–Entonces, supongo que tendrás que confiar en mí –sonrió–. Siempre y cuando, todavía quieras venir conmigo.

–Sabes que quiero ir contigo –soltó ella, enfadada–. Siempre y cuando recuerdes quién administra el dinero.

Tanner negó con la cabeza como si sintiera lástima por ella.

–No olvido los detalles, Brianna, ni siquiera cuando me los cuenta una niña rica y mimada.

Bri pasó el resto del día, y el día después, tratando de asimilar sus palabras de despedida mientras recorría las tiendas cercanas al hotel.

Le demostraría lo que una niña rica y mimada podía hacer.

Capítulo Tres

Sin duda, llevaba unos tacones exagerados.

Tanner la miró sorprendido cuando detuvo su coche frente al hotel. Era temprano y todavía estaba oscuro, aunque comenzaba a clarear en el horizonte. Pero el recibidor del hotel estaba bien iluminado y él podía ver los inapropiados zapatos de tacón.

En cualquier otro momento, aquellos zapatos, que consistían en dos tiras que pasaban por los dedos y rodeaban los tobillos, una suela fina y un tacón de aguja, le habrían parecido sexys. Combinados con unos pantalones vaqueros, una chaqueta y una blusa verde formaban un conjunto ridículo… y sexy.

Brianna estaba esperándolo con el equipaje en el suelo, junto a su pierna izquierda, y la correa de la funda del rifle en su mano derecha. Para su disgusto, ella llevaba la melena color caoba recogida dentro de una gorra de béisbol. Tanner se sintió un hombre corriente, vestido con unos pantalones vaqueros negros, una chaqueta de cuero negro y unas botas. Él también se había recogido el cabello en una coleta.

Bajó del coche y se dirigió a la parte trasera para abrir el maletero. El portero del hotel le acercó el equipaje y, antes de que Tanner pudiera darle algo de propina, Brianna le entregó un par de billetes y le dio las gracias.

–Buenos días –le dijo Tanner a ella.

–Mmm –contestó ella, y se sentó en el asiento del copiloto.

Parecía que todavía estaba enfadada con él. Tanner suspiró y se sentó al volante. Se alejó del hotel y se dirigió hacia las afueras de Durango.

–Me encantan tus zapatos –comentó–. Puedo imaginarte recorriendo terrenos montañosos con ellos puestos.

Ella se rio.

–Confiaba en que te gustaran.

–Me gustan. Son espectaculares, y el color es perfecto. Las cintas doradas quedan muy bien con los vaqueros, la chaqueta y la gorra.

–Eso pensaba –se rio ella, al ver que él sonreía–. Siento tener que decepcionarte, pero no me los pondré para caminar por terrenos difíciles. He traído mis botas de montaña.

–Vaya, ¡qué lástima! –dijo él–. Confiaba en verte tratando de mantener mi ritmo –la miró un instante–. Aun así, probablemente vea cómo tratas de seguir mi ritmo.

–Ni lo sueñes –soltó Brianna–. Probablemente, lo que veas será mi espalda.

Tanner no pudo evitar soltar una carcajada. Estaba tan segura de sí misma, y era tan batalladora, que él no podía evitar admirarla. Decidió que probablemente era porque le recordaba mucho a sí mismo.

–Ya veremos –dijo él sin dejar de reír.

–Sí, ya lo veremos –repuso ella, y continuó mirando por la ventanilla, observando cómo el paisaje montañoso se transformaba en desierto–. ¿Adónde vamos? –preguntó.

–No muy lejos de Mesa Verde.

–¿Mesa Verde? Creía que habías dicho que nuestra presa se encontraba en la Montaña de San Juan.

–Lo que dije fue que había oído rumores de que él se dirigía hacia allí –la miró un momento–. Antes de ir a las montañas, quiero comprobar el rumor por mí mismo.

–¿Y con quién vas a comprobarlo? ¿Con los fantasmas de los indios que vivieron allí? –dijo en tono sarcástico.

–Muy lista –dijo él, y suspiró–. De hecho, no he dicho en ningún momento que fuéramos a Mesa Verde. El rumor que he oído decía que lo habían visto cerca de Mesa Verde antes de que se largara a las montañas. Me dirijo hacia el pueblo de donde salió el rumor.

–Ah, bueno –contestó Brianna–. No me importaría parar en Mesa Verde.

Sorprendido por su comentario, Tanner estuvo a punto de perder el control del vehículo.

–¿Qué quieres hacer allí? ¿Echar un vistazo a Mesa Verde?

–¿Qué hay de malo en ello?

–Brianna –dijo Tanner, apretando los dientes–. Creía que habíamos venido a buscar a un asesino, no a hacer turismo.

–Por supuesto –dijo ella–. Quería decir que algún día me gustaría explorar las moradas de las montañas.

–Lo siento –mintió él–. Pensé que querías que parara hoy para ver las ruinas, y no podemos perder tiempo.

–Pero ayer perdiste todo el día –protestó ella.

Tanner estaba al borde de la impaciencia.

–Brianna, te dije que ayer tenía muchas cosas que hacer. Además de realizar varias llamadas, tenía que conseguir la comida necesaria, que he pagado yo.

–De acuerdo, explicación aceptada.

–Qué generosa eres –masculló él.

–Lo sé –dijo ella–. Y, por supuesto, te devolveré el dinero que te hayas gastado.

–Claro que lo harás, cariño –dijo él, en un tono que no le gustó.

«Contente, Wolfe, antes de que pierdas el trabajo y la compañía de la estupenda pero desquiciante Brianna», se recordó.

–No te pongas así conmigo, como si fueras un depredador. No soy una de tus presas –soltó ella–. Y no me llames cariño.

¿Un depredador? ¿Ella lo consideraba un depredador? Tanner frunció el ceño. Los depredadores mataban a sus presas, y a veces se las comían. Él se esforzaba mucho para no matar a las suyas, ni siquiera a las que se lo merecían. Y desde luego, no se las comía.

Aunque pensándolo bien, no le importaría probar un mordisquito de la suave piel de Brianna. Solo la idea hacía que se revolviera por dentro.

«Céntrate en el trabajo, Wolfe», se ordenó. Aquella mujer, independiente y altanera, no era para él.

—Haré un trato contigo –dijo él, y se movió en el asiento para aliviar cierto dolor en la zona más sensible de su cuerpo–. No me llames «depredador» y yo no te llamaré «cariño». ¿De acuerdo?

—De acuerdo –dijo ella, y le estrechó la mano que él le ofrecía.

—¿Qué tal si te llamo «corazón»?

—Tanner Wolfe –dijo Brianna, antes de empezar a reírse–. Eres un…

—¿Diablo? –preguntó él sonriendo, y encantado de haberla hecho reír.

—Está bien –dijo ella, y alzó las manos a modo de rendición–. Tú ganas… Por ahora.

—Más bien parece un empate –dijo él, y aminoró la marcha–. Y en buen momento. Ya hemos llegado.

—Ya lo veo –dijo Brianna, y miró por la ventanilla–. ¿Es esto?

–Sí, lo sé, no hay mucho que ver.

–Es un poco más grande que los otros pueblos que hemos pasado –se echó hacia delante todo lo que le permitía el cinturón de seguridad–. ¿Estaremos el tiempo suficiente como para que me dé tiempo a buscar una cafetería? Necesito una dosis de cafeína.

Él aparcó el coche frente a un café.

–¿Quieres ir por ahí con eso? –se miró los zapatos.

–Por supuesto que no –dijo, fingiendo sorpresa–. No podría aparecer en público con este modelito. Nunca soñé con meter la pata con algo así.

¿Hablaba en serio? Tanner la miró un instante y luego se rio.

Brianna se rio también.

–Supongo que es hora de cambiarse ¿no? –le dedicó una amplia sonrisa.

Tanner experimentó una sensación extraña, algo que no había sentido jamás. Era como si algo cobrara vida en su interior. Era extraño. Otras veces había sentido deseo, pero aquello era diferente. Y estaba relacionado con la mujer que tenía sentada a su lado. Tanner tuvo que tragar saliva y humedecerse los labios antes de contestar.

–Sí, supongo que sí –suspiró–. Los echaré de menos –abrió la puerta y trató de hablar con normalidad–. No tardaré mucho. Espérame dentro –salió del coche y señaló hacia el café–. Quizá sea mejor que comamos aprovechando que estamos aquí.

Así no tendremos que volver a parar –arqueó una ceja–. ¿De acuerdo?

–Bien –asintió ella, y al ver que se alejaba, añadió–: Necesito sacar mis botas del maletero.

Él ya había abierto el maletero antes de que ella terminara la frase.

–Lo sé.

Brianna se soltó el cinturón y lo miró. Él sonrió y se puso un sombrero vaquero en la cabeza.

–Yo también necesitaba el sombrero.

Bri notó que se le cortaba la respiración al verlo sonreír. ¿Qué diablos le pasaba con aquel hombre? ¿Qué tenía que hacer para que no se le acelerara el corazón, se quedara sin respiración y le temblaran las piernas? Lo que sentía era mucho más intenso de lo que había sentido con… Se obligó a dejar de pensar en ello. No quería ni acordarse de aquel canalla.

–¿Brianna?

–¿Qué? –pestañeó confusa.

–¿Estás bien?

–Sí, por supuesto –contestó ella–. ¿Por qué no iba a estar bien?

–Me has asustado –negó con la cabeza–. De pronto parecía que estabas… No sé… Como perdida.

–Estaba pensando.

–¿En qué? –preguntó con el ceño fruncido.

–En que quizá debería ir contigo –dijo ella.

–Piénsalo bien.

–¿Eh?

–Brianna, no voy a llevarte conmigo para hablar con un confidente. De algún modo, creo que el confidente actuará como si no me conociera. ¿Lo comprendes?

–Sí… Sí, por supuesto –dijo ella, sintiéndose cada vez más ridícula. Se agachó para quitarse los zapatos y los dejó en el asiento trasero–. Si haces el favor y me das mi bolsa, me cambiaré e iré a tomarme un café.

–¿No sería más fácil si me dijeras dónde tienes las botas para que pueda dártelas?

–Hay una bolsa de plástico atada a mi mochila. Están ahí.

–Ahora sí vamos bien –soltó él, con una sonrisa.

Bri notó un cosquilleo en los labios y permitió que saliera la risa que se agolpaba en su garganta. No sabía por qué reaccionaba así cuando él sonreía o reía.

Oyó que Tanner cerraba el maletero. Momentos más tarde, él abrió la puerta y dijo:

–Tus zapatillas, Cenicienta.

–Gracias –recogió las botas que él le entregaba–. Y si pretendes que te llame Príncipe Azul, tendrás que esperar.

Tanner se rio, levantó el sombrero como gesto de respeto y se marchó.

«Eso ha sido un gesto encantador», pensó ella. Y peligroso…

Brianna no era una niña ni una idiota. Era una mujer inteligente y bien educada. Una mujer con los mismos deseos que cualquier ser humano. Se sentía atraída por Tanner Wolfe y él se sentía atraído por ella. No hacía falta ser muy inteligente para darse cuenta.

Se puso los calcetines que tenía dentro de las botas y decidió que debía tener cuidado. Iban a pasar mucho tiempo juntos, y solos…, en las montañas.

Ya le habían hecho daño en otra ocasión y no estaba dispuesta a sufrir otra vez. Emocionalmente, no podía permitirse liarse con Tanner Wolfe, el cazador de recompensas.

Se quejó para sí, se puso las botas, agarró el bolso y salió del coche.

Respiró hondo y decidió dejar para más tarde sus pensamientos. Pero enseguida se encontró pensando en las diferentes posibilidades.

Bri las conocía bien, y sabía que se reducían a una sola. Su imaginación le presentó la vívida imagen de Tanner y ella, con los cuerpos entrelazados, las bocas unidas…

«Espera», se dijo, y pestañeó para borrar la explícita imagen de su cabeza. Tenía la respiración acelerada. Miró a su alrededor para ver si alguien se había percatado de que tenía las mejillas sonrojadas y la frente sudorosa. Si alguien le comentaba algo, diría que era a causa del sol del mediodía. Con la chaqueta que llevaba, era normal que estuviera acalorada.

Se quitó la chaqueta y entró en el café. Necesitaba beber algo frío para calmar el ardor.

Cuando Tanner entró en el café, la encontró sentada a una mesa con una taza de café humeante y un vaso de agua helada. Él se sentó frente a ella, se quitó el sombrero y lo dejó en el banco de al lado.

–Hola.

El tono de su voz hizo que ella se estremeciera de la cabeza a los pies.

–Hola –contestó ella, esforzándose por emplear un tono impersonal.

–El café tiene buena pinta –dijo él, y señaló la taza con un movimiento de cabeza–. Afuera hace calor.

–Ya me he dado cuenta –contestó ella–. Por eso he pedido el agua con hielo.

–Hmm… y yo estoy muerto de sed.

«¿A mí me lo vas a contar?», pensó ella, y bebió un sorbo para humedecerse la garganta reseca.

–¿Tienes hambre? –le preguntó ella.

Tanner la miró de arriba abajo y contestó:

–Eee… Sí.

No hizo falta que dijera nada más, Bri sabía perfectamente a qué se refería.

«Oh, cielos», pensó al ver cómo se le oscurecían los ojos mientras ella se humedecía los labios sin darse cuenta. Sin duda, estaba metida en un buen lío.

–¿Y tú?

–¿Qué? –preguntó sin conseguir evitar que le temblara la voz.

–Te he preguntado que si tienes hambre.

–Sí –no pensaba mirarlo de arriba abajo, por mucho que lo deseara–. Y como dijiste, será mejor que comamos ahora. Tengo las cartas –le entregó una.

–Gracias –sonrió él.

«Maldito seas», pensó ella. Abrió la carta y fingió leer el menú, a pesar de que ya lo tenía decidido.

Durante la comida no hablaron demasiado y, tres cuartos de hora después, ya estaban de nuevo en la carretera.

Bri consiguió contenerse hasta que se encaminaron hacia las montañas.

–¿Y qué te ha contado tu confidente? –preguntó al fin.

–Pensaba que no ibas a preguntármelo nunca. Me ha sorprendido que hayas aguantado tanto tiempo.

–No tienes ni idea de cuánto puedo aguantar –soltó ella.

Él la miró de reojo y le preguntó:

–¿Eso es un reto?

Bri arqueó las cejas y batió las pestañas con expresión de inocencia.

–Señor Wolfe, una mujer tendría que ser muy valiente para proponerle un reto.

Él soltó una carcajada.

–Sí, a eso me refería.

–¿Crees que soy una mujer valiente?

–Oh, sí, lo eres –dijo él, y la miró de nuevo–. Eres valiente, un poco temeraria y, me temo, que muy peligrosa.

Su última observación la dejó helada. ¿Peligrosa? ¿Ella? ¿En qué sentido? Jamás en su vida había intimidado o herido a alguien a propósito.

–¿Peligrosa para quién? –preguntó.

Tanner sonrió y ella se estremeció.

–Diría que eres peligrosa para cualquier hombre que tenga entre quince y ciento quince años.

Bri no pudo contener una carcajada.

–¿No lo crees?

–Por supuesto que sí –dijo ella–. Estoy segura de que cualquier hombre de esa edad tiembla de miedo al pensar en la posibilidad de encontrarse conmigo. Sé realista, Wolfe –dijo ella–. No soy peligrosa para nadie.

Él aminoró la marcha para mirarla fijamente.

–¿Eso incluye al hombre al que vamos a buscar?

–Eso es diferente.

–¿En qué sentido?

–En el sentido evidente –contestó ella con nerviosismo–. Él es diferente. Es un asesino.

–Sí, es un asesino y un violador –admitió él–. Pero hay muchos asesinos y violadores en el mundo y tú no vas a cazarlos.

–No –soltó ella enfadada–. Porque no soy una asesina ni una cazadora de recompensas. Pero si agarramos a ese monstruo, no dudaré ni un instante en usar mi arma.

–Espera un minuto –Tanner pisó el freno y detuvo el vehículo–. Tú, yo, ninguno de los dos va a disparar para matarlo. ¿Entendido? –no esperó a que contestara–. Te lo advierto, Brianna, si no me lo prometes, daré media vuelta, regresaré a Durango y te dejaré en el Strater. No he matado a un hombre en mi vida y no voy a empezar ahora, y tú tampoco, mientras estés conmigo. ¿Lo has entendido?

Bri no sabía si reír o llorar. Al final, contestó con calma.

–Nunca me he planteado la idea de matar a ese hombre, Tanner. Solo quería decir que utilizaría mi arma para reducirlo, si fuese necesario. No quiero matarlo. Eso es demasiado fácil.

Él frunció el ceño.

–Entonces, ¿qué quieres?

–Quiero ver cómo se pudre en la cárcel durante el resto de su vida, viviendo con cargo de conciencia, si es que tiene, y el recuerdo de todas las mujeres a las que ha herido o matado. Espero que viva hasta los cien años y que pase cada uno de sus días aterrorizado por algún otro recluso que decida imponerle su propio castigo.

Capítulo Cuatro

Tanner contuvo un escalofrío al oír el tono géli-do con el que hablaba Brianna. «¡Guau! Esta mujer es capaz de odiar de verdad», pensó, y deseó que ella no llegara a odiarlo jamás.

–Todavía no me has dicho qué te ha contado tu confidente –dijo ella.

El cambio de actitud lo sorprendió. Su tono de voz había cambiado y la expresión de su rostro era más relajada. Tanner suspiró hondo y arrancó de nuevo.

–Lo vieron marcharse del pueblo hace dos días. Al parecer, se dirige a la zona más salvaje de las montañas. Se fue a caballo, llevando otro para la carga, y por la dirección que llevaban sospecho que va de camino a Weminuche Wilderness.

Brianna frunció el ceño.

–Me suena haber oído hablar de ese sitio, pero ¿dónde está?

–Weminuche es una de las zonas salvajes más amplias del país, con una extensión de unos nueve mil acres –dijo él, sin dejar de mirar a la carretera–. Aunque muchos turistas la recorren en bicicleta o a pie, hay muchas zonas que son prácticamente inaccesibles. Parece que nuestro hombre se dirige en esa dirección.

–Bueno, si va a caballo y lleva otro para la carga, supongo que con el coche lo alcanzaremos antes de que llegue a una de esas zonas, ¿no? –parecía satisfecha con su deducción.

Tanner odiaba tener que llevarle la contraria.

–No, no podremos alcanzarlo, Brianna. Incluso con este coche no podremos adentrarnos en las montañas. Más tarde, tendremos que parar a pasar la noche y, por la mañana, continuaremos a caballo.

Ella lo miró asombrada.

–Pero… Cómo… Quiero decir, ¿de dónde vamos a sacar los caballos?

–Tengo un amigo que tiene un rancho en un pequeño valle cercano –le dedicó una sonrisa antes de que ella pudiera hacerle más preguntas–. Podemos pasar la noche allí.

–¿Y cómo sabes que tu amigo está allí? ¿Cómo sabes que podemos quedarnos a pasar la noche? ¿Por qué estás tan seguro de que tiene caballos para alquilar? ¿Cómo…?

–Lo sé –la interrumpió Tanner–, porque conozco a mi amigo. Si no está allí cuando lleguemos, estará en algún lugar de las montañas y esperaremos a que regrese.

–Pero…

Tanner no dudó en cortarla otra vez.

–Brianna, tienes que confiar en mí. No podemos seguir a ese hombre con este coche. Puede circular por muchos sitios, pero no por las zonas difíciles de las montañas.

–Eso lo comprendo –soltó ella con impaciencia–. Pero acabas de sacarte a ese hombre de la manga. ¿Quién es? Aparte de ser tu amigo.

–Se llama Hawk.

–¿Y cuál es su verdadero nombre?

–Hawk –dijo él–. Se apellida McKenna. Y sí, es mestizo.

–No me gusta esa expresión –dijo Brianna.

Tanner tuvo que contenerse para no reír.

–A mí tampoco, pero así es como Hawk se refiere a sí mismo. No se avergüenza de su origen. De hecho, está orgulloso de tener sangre escocesa y apache en las venas –soltó una carcajada–. Creo que descubrirás que Hawk es algo más.

–¿Y qué más puede ser?

–Alguien diferente –dijo él, después de un momento de silencio–. Es un tipo especial.

–¿Especial por qué?

Tanner se encogió de hombros.

–Especial dentro de los seres humanos. No sé cómo explicarlo, simplemente lo es.

–¿Vive solo?

–Normalmente sí.

–Tanner… –había cierta impaciencia en su tono de voz.

Él se rio.

–Es la verdad, Brianna. Hawk suele vivir solo

pero, de vez en cuando, su hermana vive con él. Cat no está tan orgullosa de su ascendencia.

Ella frunció el ceño.

–¿Cat? ¿Hawk y Cat?

–Hawk se llama así por su bisabuelo materno. Cat es el diminutivo de Catriona, que es Catherine en escocés e irlandés. Se llama así por su tatarabuela paterna.

–Y no le gusta tener mezcla de razas… –dijo Brianna, eligiendo las palabras con sumo cuidado.

–No, no le gusta. Así que de vez en cuando huye del mundo y se esconde junto a Hawk.

–¿Se esconde? ¿Él huye de la ley?

–No, Brianna, Hawk no huye de la ley. No es un delincuente.

–Entonces, ¿qué es? ¿Un ermitaño? ¿Ha vivido siempre alejado de la sociedad? ¿Cuántos años tiene? –le preguntó de manera atropellada.

Él contestó del mismo modo.

–Un hombre. No. Desde que se hizo adulto. No estoy seguro, treinta y tantos, supongo.

–Es extraño –murmuró ella.

–¿Por qué?

–¿No te parece extraño que un hombre decida vivir alejado de su familia, sus amigos y las mujeres a esa edad?

Tanner la miró antes de contestar.

–No he dicho que sea un monje de clausura, Brianna. Cuando le apetece tener compañía, sí ve a su familia y a sus amigos –hizo una pausa–. Y sale con mujeres.

–Sabes…

Pasaron por encima de un bache y ella se calló para exclamar:

–¡Oh!

–Lo siento –dijo él, conteniendo una carcajada–. Te dije que el camino era malo, y se va a poner peor –sonrió–. Mucho peor.

Ella miró a su alrededor y se fijó en el estrecho camino rodeado de bosque. Frunció el ceño y se movió en el asiento.

–Dijiste que pararíamos al atardecer. El sol está llegando al oeste –miró a su alrededor una vez más–. Tanner…

–Hay un claro más adelante –dijo él, percatándose del motivo por el que no paraba de moverse–. Estamos dentro de un parque nacional. No solo hay un claro, también hay servicios.

Brianna suspiró aliviada.

–Me alegra oírlo –sonrió ella–. No me hacía ninguna ilusión pedirte que pararas para poder ocultarme entre los arbustos.

Él se rio.

–Sé a qué te refieres. Yo siento la misma presión.

–No me hagas reír, Tanner Wolfe. Preferiría no quedar en ridículo, gracias.

–Eres afortunada, Brianna Stewart –le aseguró él–. El claro está justo detrás de esa curva.

***

Siguieron en silencio.

–Ya hemos llegado –dijo él, momentos más tarde, y detuvo el vehículo a un lado de la carretera. Un poco más adelante, había un edificio del que colgaba un cartel que indicaba dónde estaban los aseos. Se dirigieron hacia allí, deprisa.

Al cabo de unos minutos, estaban de nuevo en la carretera. Y una hora y media más tarde, Tanner giró con brusquedad.

–¿Qué es exactamente…? ¡Oh! –dijo ella, sorprendida de que hubiera girado tan bruscamente. Acababan de entrar en un camino de grava suelta–. ¿Adónde vas? –preguntó ella.

–A casa de Hawk –la miró fijamente–. ¿Qué? ¿Esperabas que Hawk viviera en mitad de una autopista?

–No, por supuesto que no –dijo ella, agarrándose con una mano al asiento y con la otra al salpicadero para evitar escurrirse con los baches.

–Aguanta un poco –dijo Tanner, agarrando el volante con fuerza–. Se pondrá peor antes de mejorar otra vez.

–No veo cómo puede ponerse peor –dijo ella.

–Ah, cariño, todavía puedo darte muchas sorpresas.

Ella suspiró, ignoró los calambres que tenía en los dedos y lo miró.

–Te he dicho que no me llames cariño.

Tanner se rio durante todo el camino que bajaba al valle. A un lado de la montaña se veía una casa de una sola planta como las que aparecían en las películas del oeste.

La casa de Hawk no se parecía en nada al lugar semiabandonado que Brianna había imaginado. Con la luz del atardecer podía ver varios corrales con caballos de piel lustrosa. Pero el rancho era la menor de las sorpresas que la aguardaban.

Bri estaba tan distraída mirando a su alrededor que no se percató de que Hawk McKenna estaba a la sombra del porche hasta que no salió a la luz. A su lado estaba el perro más grande que ella había visto nunca. Era casi del tamaño de un poni.

Cuando Tanner detuvo el vehículo, Hawk se acercó a ellos.

Aunque un poco mayor, Hawk era un hombre atractivo. Tenía el cabello largo y bien cuidado, casi del mismo color que Tanner.

Tras bajarse del coche, Tanner abrazó a su amigo con fuerza. El perro permaneció junto a su dueño sin ladrar ni una sola vez, como si esperara su turno para saludar a la visita.

Tan pronto como los hombres dejaron de abrazarse, el animal se acercó a Tanner. Cuando él saludó al perro, el animal se puso a dos patas.

–Hola, Boyo. No, no me lamas la cara –dijo Tanner, riéndose mientras esquivaba al perro–. Sí, en la mano sí puedes –lo acarició.

«Boyo», pensó Bri. ¿Qué clase de nombre era ese para un perro tan grande? Por fortuna, el perro parecía tranquilo, ya que si no ella no habría pensado ni en bajar del coche.

Tanner se acercó a la puerta del vehículo y le preguntó.

–¿No vas a bajar? –sonrió, y le abrió la puerta–. ¿O se te han quedado los dedos pegados al asiento y al salpicadero?

–Me da miedo moverme porque tengo la sensación de que se me han descolocado los huesos durante el trayecto.

–Pensaba que a lo mejor te daba miedo Boyo.

–Eso también –admitió ella–, pero veo que es bueno. ¿Qué clase de nombre es Boyo para un animal así de grande?

–Es «niño« en irlandés –le explicó él entre risas–. Vamos, Hawk te protegerá.

A Bri le encantaba el sonido de su risa. Tratando de no pensar en ello, aceptó la mano que él le tendía.

Su piel no era suave, y no tenía las uñas bien cuidadas como la mayoría de los hombres que ella conocía. Era evidente que sus largos dedos estaban acostumbrados al trabajo duro.

De pronto, la imagen de él acariciándole el cuerpo y agarrándola por el trasero para acercarla hacia sí y poder besarla invadió su cabeza.

Se estremeció.

–¿Tienes frío, Brianna? –le preguntó Tanner, y

la agarró con suavidad por la cintura para que saliera del coche.

–No… –Bri pensó en una respuesta–. Tengo hambre. Ha pasado mucho tiempo desde la comida, no lo olvides. ¿Tú no tienes hambre? –se estiró y dio unos pasos para soltar la musculatura de la espalda.

–Hay mucha comida en casa –dijo Hawk.

–Vamos, Bri. Ven a conocer a Hawk –Tanner la agarró del brazo y la guio hasta su amigo–. Y a Boyo.

Hawk McKenna le estrechó la mano con fuerza y sonrió. Por algún motivo, algo la hizo confiar en él. Había algo que indicaba que era un buen hombre. Algo que le recordaba a Tanner.

Boyo permaneció junto a su dueño, moviendo el rabo.

Bri estiró la mano para permitir que el animal la olisqueara.

–Puedes tocarlo –dijo Hawk–. No te morderá.

Ella le acarició el hocico al animal y este le lamió la mano. Riéndose, Bri le acarició la cabeza y le rascó el lomo.

–Tiene un buen sitio, señor McKenna –dijo ella con sinceridad, y lo miró.

–Gracias –él sonrió y miró a su alrededor–. Es mi casa –los guio hasta la puerta–. Bienvenidos –dijo Hawk, y los hizo pasar.

Boyo entró en la cocina y, al instante, lo oyeron beber agua.

–Gracias –Bri sonrió y entró en lo que, evidentemente, era el salón. Miró a su alrededor y observó la escasa decoración–. Es muy bonito –dijo ella, y se volvió para sonreír a Hawk–. ¿Es Navajo? –preguntó, señalando un tapiz de lana que colgaba de la pared.

–Sí –contestó Hawk–. Es un regalo de un amigo.

–Es precioso –comentó, y se acercó para mirarlo más de cerca–. Y tiene buenos amigos. Ese tapiz debe de costar una pequeña fortuna.

–Así es. Y los tengo –Hawk asintió y miró a Tanner–. Y Wolfe es el amigo en cuestión –sonrió despacio–. ¿Quieres contarle a la señorita Stewart lo que pagaste por el tapiz, Tanner?

–No –Tanner negó con la cabeza, pero sonrió–. Se lo merecía, Brianna –explicó–. Me ayudó a encontrar a un hombre hace dos años. Era un asesino en serie por el que ofrecían una buena cifra –miró a Hawk–. Quería compartir la recompensa con él. No quiso, pero me dijo que aceptaría ese tapiz. Ya ves…

–Wolfe –dijo Hawk, en tono de advertencia.

–No me asustas, amigo, así que ahórrate las palabras.

Hawk entrecerró los ojos. Tanner sonrió.

Temiendo que en cualquier momento comenzaran a darse puñetazos, Bri levantó cordial la mano y dijo:

–No os peleéis. Esta casa es demasiado bonita

para destrozarla. Si os vais a pegar, en ese caso salid fuera.

Tanner y Hawk se miraron un instante y comenzaron a reír.

Bri se puso las manos en las caderas, miró a ambos y golpeó el suelo con una bota.

–Espero que no os estéis riendo de mí.

–Ni lo sueñe, señorita –era evidente que Hawk contenía una sonrisa.

–Ni lo pienses –se rio Tanner.

–De acuerdo. Ya he tenido que escuchar bastantes tonterías –Bri tenía dificultad para contener la risa–. Necesito ir al servicio, darme un baño y comer algo. Ah, y mi ropa.

Hawk miró a Tanner y le preguntó en tono de burla:

–¿Siempre es tan mandona?

Tanner suspiró y asintió.

–Me temo que sí. Lo bastante como para sacar de quicio a cualquiera.

Bri abrió la boca para contestar, pero se le adelantaron.

–Sí –añadió Tanner–. No sé lo que voy a hacer con ella.

–Oh, amigo, yo sí sabría qué hacer con ella –dijo Hawk con un brillo en la mirada.

–Bueno, sí, pero…

–Pero estarás demasiado ocupado sacando mis cosas del coche, ¿no es así? –dijo ella, en tono de advertencia.

–Eh, sí, claro. Ya voy –riéndose, Tanner se volvió y salió de la casa.

–Y yo voy a terminar la cena –Hawk se dirigió a la cocina. De camino, señaló hacia un pasillo que salía del otro lado del salón–. El baño está en la segunda puerta a la izquierda.

–Gracias –Bri se encaminó hacia allí.

Estaba lavándose las manos y mirándose en el espejo cuando llamaron a la puerta.

–Te he traído tus cosas, Brianna. ¿Las dejo aquí fuera?

–No –abrió la puerta antes de que terminara la frase–. Ya las recojo. Gracias –le dedicó una amplia sonrisa, agarró la mochila y le cerró la puerta en las narices.

–¡Guau! –murmuró Tanner, pensando que Brianna tenía la sonrisa más bella y excitante que había visto nunca. De pronto, los vaqueros le apretaban en la parte más delicada de su cuerpo.

A través de la puerta, oyó el sonido de la ducha. Tanner se imaginó a Brianna bajo el chorro de agua y sintió una fuerte presión en el pecho.

«Maldita sea, aléjate de la puerta, Wolfe, antes de que estalles y quedes en ridículo cuando McKenna se ría de ti».

Respirando hondo y convenciéndose de que era capaz de controlar su cuerpo, agarró las cosas que tenía a sus pies y se dirigió a los dormitorios. Dejó el resto de las cosas de Bri en el dormitorio que Hawk había asignado para ella y se dirigió a la habitación que él ocupaba siempre que se quedaba allí.

Cuando Tanner regresó a la cocina, después de darse una ducha de agua fría y de haber pensado mucho en el tema, Hawk le comentó:

–Tu amiga es estupenda, Wolfe, pero ¿por qué diablos la has traído contigo de cacería?

–No tenía elección –comenzó a decir él, pero, al parecer, Hawk no lo escuchaba.

–¿Intentas que maten a esa preciosa criatura?

Tanner suspiró.

–Ya te lo he dicho. No tenía…

–Elección –Brianna terminó la frase por él–. Yo tengo la carta del triunfo.

–Sí –murmuró Tanner, y se volvió para mirarla.

Brianna estaba en la entrada de la cocina. El cabello mojado le caía sobre la espalda y, aunque no llevaba maquillaje, estaba radiante.

–¿Qué carta del triunfo? –preguntó Hawk, mirando a sus dos invitados.

–Dinero –contestaron ambos, al unísono.

Hawk arqueó las cejas.

–Me gusta el dinero –dijo él–. Aunque no lo bastante como para poner en peligro a una bella mujer, ni a ninguna mujer, llevándola a buscar a un asesino –miró a Tanner con ojos entornados–. ¿De cuánto dinero estamos hablando?

–De una cantidad impresionante.

Hawk esbozó una sonrisa y miró a Brianna.

–¿De cuánto?

–Un millón de dólares.

Tanner admiró su frialdad. No había muchas personas capaces de aguantar la penetrante mirada de Hawk. En los últimos minutos, Brianna había conseguido que la admirara todavía más.

–Esos son muchos dólares –dijo Hawk, tras un silbido.

Con una amplia sonrisa, ella asintió y dijo:

–Lo son –lo miró de manera altiva–. Entiendo que no das tu aprobación.

–No desapruebo el dinero –dijo Hawk, y negó con la cabeza–. Pero sí que Tanner vaya acompañado de una mujer.

–Hay mujeres que se dedican a cazar recompensas –contestó ella–. ¿O no?

–Empleó el mismo argumento conmigo –intervino Tanner, solo para recordarles que estaba allí.

Hawk lo miró un instante.

Brianna lo ignoró.

–Tampoco estoy de acuerdo con que lo hagan. Es demasiado peligroso para una mujer.

–Sin duda –dijo Brianna en tono gélido.

–Sí, sin duda –Hawk imitó su tono.

Tanner sonrió, pero ninguno de los dos se percató. Ambos estaban demasiado ocupados en derrotar al otro.

Brianna suspiró y comentó:

–Tal y como le dije a tu amigo, he recibido un entrenamiento excelente. Puedo cuidar de mí misma perfectamente.

–Me importa un… –dijo Hawk–. Me importa un comino lo bien entrenada que estés. Tu sitio no está en las montañas, y menos persiguiendo a un criminal.

«Guau», pensó Tanner mirando a su amigo. Hawk estaba perdiendo la compostura, y eso no sucedía fácilmente. Decidió que había llegado el momento de mediar en aquella discusión.

–Está bien –dijo él, y se colocó entre ambos–. Es hora de hacer una tregua.

–Pero, maldita sea, Tanner, ¡sabes que no es seguro!

–Ahórrate el esfuerzo, amigo –dijo Tanner–. Ya traté de convencerla, pero es como hablar con una pared.

–Qué cumplido más encantador –dijo Brianna con frialdad–. ¿Podemos dejar el tema? Tengo tanta hambre que podría comerme… Una pared, quizá –sonrió y, al hacerlo, se le iluminaron los ojos.

–Te lo dije –comentó Tanner, dirigiéndose a su amigo.

Hawk suspiró con fuerza.

–Abandono.

–Bien –ella lo recompensó con una sonrisa. Demasiado pronto.

–Con una condición –continuó Hawk, en tono retador.

–¿Qué condición? –preguntó Bri.

Tanner frunció el ceño, preguntándose qué tramaba su amigo.

–Que llevéis a Boyo con vosotros.

–Pero… –comenzó a protestar ella.

–Buena idea, Hawk –dijo Tanner, decidiendo que era hora de acabar con aquello–. Brianna, Boyo es un gran cazador. Ya sabes, los perros lobos irlandeses se criaron para cazar lobos y alces.

–¿Lobos? –miró al perro–. Desde luego parece lo bastante grande y fuerte para hacerlo. Pero no parece que tenga el carácter necesario. Es tan amigable como un cachorro.

–Por supuesto que sí –convino Hawk–. Es un encanto. De hecho, hoy en día, la mayoría de los perros lobos se tienen como mascotas. Pero llévalo de caza, muéstrale el rastro que ha de seguir y se convertirá en el peor… –se calló a tiempo para no blasfemar–. Puede ser muy duro.

–Pero… –comenzó a decir ella.

–Será mejor que cedas, Brianna –dijo Tanner con una risita–. Hawk puede ser igual de cabezota que tú, o incluso más.

–De acuerdo. Nos llevaremos a Boyo, pero solo si me dais algo de comer enseguida.

Hawk miró a Brianna y esbozó una sonrisa.

–Eres dura de pelar. Pero tú ganas. La comida está lista. Cenemos.

Tanner soltó la carcajada que llevaba conteniendo desde hacía rato.

Hawk hizo lo mismo.

Brianna los miró un instante antes de empezar a reírse también. Fue la primera en recuperar el control.

–Está bien, payasos, ¿qué hay de cena? –respiró hondo–. Sea lo que sea, huele de maravilla.

–Es chile. Espero que te guste el picante.

–Me encanta –dijo ella.

A Tanner no le sorprendió. Suponía que Brianna Stewart no lo comería de otra manera.

Capítulo Cinco

Bri suspiró satisfecha mientras se limpiaba los labios con una servilleta. El chile estaba delicioso. Y picante. Se había comido dos platos y varias rebanadas de pan casero.

–Ha sido una cena maravillosa –le dijo a su anfitrión–. Gracias.

–De nada –Hawk retiró la silla y se puso en pie–. ¿Os apetece postre o café? –miró a Bri y después a Tanner.

–Café –contestó Bri sin dudarlo un instante–. No puedo comer nada más.

–Yo también quiero café –dijo Tanner.

Cuando se terminaron el café, Bri se puso en pie y comenzó a retirar las cosas de la mesa.

–No tienes que ayudar –dijo Hawk.

–Lo sé, pero quiero hacerlo –gesticuló con la mano–. Vosotros id a relajaros o lo que os apetezca.

–Tú ganas. Pocas veces me libro de recoger la cocina –Hawk le indicó a Tanner que lo siguiera para que eligiera los caballos que iban a llevar.

En la puerta, Tanner se detuvo un instante para explicarle a Bri dónde estaba la habitación donde había dejado sus cosas. Nada más cerrar la puerta, Hawk le preguntó:

—¿Te has vuelto loco?

—No empieces, McKenna. Ya he discutido bastante con Brianna en Durango. No estoy de humor para discutir contigo.

—Estés de humor o no, vamos a discutir. Maldita sea, Wolfe…

—Sí, maldita sea. ¿Qué más se supone que puedo hacer?

Al llegar al establo, Hawk abrió la puerta y encendió la luz.

—¿Qué tal si le dejas claro que no puede acompañarte? Fin de la discusión. Y punto.

—Lo he intentado —frunció el ceño—. No funcionó. Me dijo que si me negaba, buscaría a otro cazarrecompensas —suspiró para liberar tensión.

—¿Y no querías perder una buena suma?

—¿Estás loco? —Tanner comenzaba a enfadarse—. Hawk, me conoces mejor que eso. Y sabes tan bien como yo que hay cazarrecompensas que aceptarían cualquier condición, incluso permitir que una mujer los acompañe, si la cifra es buena.

—Lo sé. Pero todo esto no me gusta nada. Brianna es una mujer guapa. Simpática. No me gustaría que le hicieran daño.

—No te sientas como el Llanero Solitario. A mí me pasa lo mismo —esbozó una sonrisa—. Por eso no voy a llevarla conmigo.

Hawk lo miró con ojos entornados.

–¿Estás diciendo lo que creo que estás diciendo?

–Así es, amigo –sonrió–. Voy a dejarla aquí, a tu cuidado.

–¿Pero qué diferencia hay entre dejarla en Durango o aquí, conmigo?

–Hawk, no te das cuenta de nada –le regañó Tanner–. Si la hubiera dejado en Durango, habría contactado con otro cazarrecompensas o se habría marchado sola –se estremeció–. Ni siquiera quiero pensar en eso. Aquí, contigo, está atrapada. Lo único que puede hacer es pedirte que la lleves a Durango.

–Donde buscará a otro cazarrecompensas –dijo Hawk.

–Lo sé, pero yo ya me habré adelantado.

Hawk negó con la cabeza con frustración.

–Y cuando encuentres a ese hombre y lo entregues a la justicia, sabes que ella te entregará un cheque con los diez mil dólares originales.

–Lo sé –asintió Tanner–. Y no me importa. Hawk, ya no se trata de dinero. Se trata de Brianna y de su seguridad –hizo una pausa antes de continuar–. Me siento atraído por ella. Muy atraído. Me pasa desde el momento en que abrí la puerta de casa y la vi.

–Es comprensible –dijo Hawk con una pequeña sonrisa–. Brianna es muy guapa, y sexy.

–Dímelo a mí –Tanner negó con la cabeza–. En cuanto entró en mi casa deseé tomarla entre mis brazos y… Bueno, no importa. Estoy seguro de que puedes imaginártelo.

–Claro –asintió Hawk–. Yo también he pasado por eso.

–Y yo, pero no así –admitió Tanner–. Esta vez es más fuerte que nunca. La cosa es que no puedo dejarla en Durango y tampoco puedo llevarla conmigo. Ese tal Minnich es un asesino. Ha matado, al menos, a una mujer, y la policía sospecha que a alguien más. Si le pasara algo a ella, si él consiguiera herirla de algún modo, yo me volvería loco –se estremeció al pensar en que Brianna podría resultar herida–. Hawk, no puedo llevarla conmigo. No puedo correr ese riesgo.

Hawk asintió.

–Ese es el cazador que conozco y al que quiero como a un hermano. Me tenías preocupado.

Tanner se rio.

–No te preocupes. Ahora vamos a ver los caballos.

Hawk se detuvo en el segundo compartimento del establo.

–Vamos a tener que hacerlo muy bien, ¿lo sabías?

–Sí –asintió Tanner–. No podemos correr el riesgo de que ella sospeche nada. Dejaremos las luces encendidas cuando salgamos de aquí. La traeré aquí para mostrarle los caballos que hemos elegido.

–Muéstrale la yegua –Hawk le indicó el animal

de color chocolate que estaba en el tercer compartimento–. Sería la elección más lógica para una mujer.

Al poco tiempo, Brianna terminó de recoger la cocina y se dirigió en busca de su dormitorio. Una vez en él, se preguntó si Hawk recibía visitas de mujeres a menudo. La habitación tenía toques decorativos femeninos, y también un tocador con varios productos de belleza.

Junto a la pared había una cama doble colocada entre dos ventanas, por las que entraban los últimos rayos de sol.

Bri se acercó para mirar la vista. Un gran prado se extendía desde la casa hasta las montañas. Al ver un círculo blanco pintado a bastante distancia de la casa, se sorprendió.

Al cabo de un momento, lo comprendió todo. El círculo era una pista de aterrizaje para helicópteros.

«Muy apropiado», pensó sonriendo mientras se alejaba de la ventana. Un helicóptero era algo muy útil para los días de invierno en que se bloqueaban las carreteras.

Al ver que Boyo había entrado en la habitación y se había tumbado a los pies de la cama, sonrió de nuevo.

Se sentó en el tocador para mirarse al espejo. Su cabello había recuperado sus rizos naturales después de la ducha, pero su cara estaba pálida. Bri estaba pensando si ponerse un poco de maquillaje cuando oyó que se abría la puerta delantera y que Tanner la llamaba.

–Brianna, Hawk está preparando café. ¿Quieres un poco?

Se levantó de la banqueta y se acercó a la puerta.

–Sí, enseguida voy –miró al perro y dijo–. ¿Vienes? –Boyo levantó la cabeza un instante y después la apoyó de nuevo en la cama.

«Supongo que no». Se miró de nuevo en el espejo, se encogió de hombros y salió de la habitación. Al diablo con el maquillaje. Si a Tanner y a Hawk no les gustaba verla sin maquillar, peor para ellos.

–Me gusta cómo te queda el pelo así –dijo Tanner, al verla entrar en la cocina–. Medio alborotado y suelto alrededor del rostro.

–Gracias –dijo Bri, y sonrió–. No me he tomado la molestia de cepillármelo.

–No tenías que hacerlo –dijo Hawk, y dejó dos tazas humeantes sobre la mesa. Al acercarse a la encimera a por la tercera, continuó–: Estás entre amigos.

–Eso espero, porque sois dos contra uno –miró a Hawk y después a Tanner–. No es que no pueda con los dos, pero la cosa se pondría fea.

Ambos hombres se rieron.

–Me gusta el estilo de esta chica, Wolfe –dijo Hawk entre risas–. Incluso puede que sea capaz de manejarte, a pesar de lo inconformista que eres.

–No me apostaría el rancho por ello, amigo –le advirtió Tanner.

«¿Podría manejarlo?», se preguntó Bri horas después mientras estaba tumbada sobre la cama. Llevaba haciéndose la misma pregunta toda la tarde.

Tan pronto como se terminaron el café, Tanner la había llevado a los establos para mostrarle los caballos que Hawk había elegido para ellos. Nada más verlos, Bri estiró la mano para que los animales la olisquearan y, después, les acarició en el cuello.

–He visto desde la ventana de mi habitación que Hawk tiene una pista de aterrizaje en el prado –le dijo más tarde, cuando regresaban a la casa–. ¿Tiene un helicóptero y sabe pilotarlo?

–No. Tiene la pista porque pasa aquí solo la mayor parte del tiempo. Aunque es un hombre cuidadoso, siempre puede suceder un accidente, a personas o animales. La puso por si necesitaba asistencia médica urgente –sonrió–. Pero aunque lleva aquí muchos años, puso la pista cuando Cat comenzó a utilizar el rancho como lugar de vacaciones cuando necesitaba estar sola, respirar aire fresco y recorrer los alrededores.

–Ya –dijo Bri, pero, al momento, negó con la

cabeza–. No, no lo entiendo. Comprendo que venga a visitar a su hermano, pero antes dijiste que utilizaba el rancho para esconderse. ¿De qué se esconde?

–De la ciudad, de la multitud, de la polución. También de los canallas que se ríen de su ascendencia.

–Odio ese tipo de cosas –dijo con rabia.

–Eh, no me ataques –dijo Tanner–. Yo pienso lo mismo. Pero, me guste o no, me temo que todavía quedan algunos hombres ignorantes que estropean la sociedad. Hombres como el animal que atacó a tu hermana y violó y asesinó a su amiga.

–Lo sé –asintió Bri, y suspiró para liberar la rabia que sentía–. De vez en cuando, tengo que tratar con ellos en la biblioteca.

–¿Trabajas en una biblioteca?

–Sí. Soy bibliotecaria investigadora en la universidad de Pensilvania.

–¿Los hombres se acercan a ti insinuándose? –preguntó en tono tenso.

Ella lo miró, confundida por su tono de voz. Se fijó en la frialdad de su mirada. ¿Qué era lo que le molestaba?

–¿Y bien? –preguntó él–. ¿Qué te dicen esos cretinos?

–Oh, lo habitual –se encogió de hombros–. Ya sabes, tonterías como: «He descubierto que las más frías son siempre las más ardientes».

–Maravilloso –dijo él–. Qué delicados y corte-

71

ses –negó con la cabeza–. Con ese comentario deben de tener a todas las mujeres a sus pies. Estúpidos.

–Ese comentario en particular me lo hizo uno de los profesores.

Tanner la miró un momento y se rio.

–Algunos hombres no maduran nunca, por muy educados e inteligentes que sean.

–Eso parece –convino Bri, y sonrió mientras regresaban a la casa.

Cuando llegaron al porche, él se detuvo, la agarró por los hombros y la miró a los ojos.

–Supongo que yo no soy más inteligente que el resto.

–¿Qué quieres decir? –dijo ella con voz entrecortada y percatándose de que él acercaba su rostro.

–Como soy tonto –murmuró con los labios muy cerca de los de ella–, voy a besarte, Brianna.

–Sí... Por favor... –contestó ella contra su boca.

Increíble. Su manera de besar era increíble. Y excitante. Tanner introdujo la lengua en su boca y le acarició el interior.

Bri lo rodeó por el cuello y se acercó más hacia él. Tanner la agarró por la cintura y la atrajo hacia sí. Al sentir la presión de su miembro erecto, ella se estremeció.

¡Santo cielo! Nunca la habían besado de esa manera. Cuando él se separó de ella, quiso quejarse, pero se contuvo.

–Ha sido un buen beso –comentó ella, tratando de hablar con naturalidad.

–Sí, parecía algo más –dijo él, y dio un paso atrás–. Pero no soy tan tonto… Espero.

Bri no sabía si sentirse halagada o insultada. Estaba confusa. ¿Y quién no lo estaría si un hombre se calificara de tonto por haberla besado? Atontada, permitió que él la guiara hasta el interior de la casa.

Desde aquel momento, él se comportó con normalidad, excepto por los roces ocasionales de su brazo, o de su mano contra su cuerpo. Bri había llegado a un punto en la vida en el que ya no creía en los accidentes. Sabía que sus roces eran intencionados.

«¿Por qué?», se preguntaba una y otra vez.

Se centró en el repaso del material que necesitaban llevar y trató de no pensar más en ello.

Bri se alegró al oír que llevarían a un animal de carga, lo que les permitiría llevar más cosas aparte de lo esencial. Una de esas cosas era una bolsa de chocolatinas que había guardado en el bolsillo de su mochila.

–No puedes comer de eso –murmuró al ver que el perro olisqueaba la bolsa. Le acarició la cabeza y susurró–: Puedes ponerte muy enfermo, y eso me pondría muy triste.

Una vez que todo estaba preparado, Bri se excusó y se dirigió a su habitación. Boyo la acompañó y se tumbó a los pies de la cama. Bostezando, Bri se acostó y se cubrió con el edredón.

Aunque había sido un día largo, no podía dormir. Estaba inquieta y no paraba de hacerse las mismas preguntas.

¿Podría manejar a Tanner Wolfe?

¿Quería hacerlo?

No solo quería, sino que lo deseaba.

Tanner no podía dormir. Incluso con los ojos cerrados, la imagen de Brianna aparecía en su cabeza, atormentando su libido. Ese beso… ¿Conseguiría borrarlo de su memoria?

–Maldita sea –murmuró, y retiró el edredón para permitir que el frío de la noche enfriara su cuerpo acalorado–. Deja de reaccionar como si fueras un chico de diecinueve años –se amonestó, cambiando de posición–. Tienes trabajo que hacer. Olvídate de esa mujer y controla tu imaginación, y tus hormonas. Hay mucho dinero en juego… Si es que te paga más de los diez mil dólares originales.

«¿Dinero?».

No había pensado en el dinero desde que le explicó la situación a Hawk. ¿Desde cuándo el dinero se había convertido en algo secundario? ¿Secundario? Secundario, ¿respecto a qué?

–Brianna –susurró su nombre una y otra vez.

Era una mujer diferente a las demás. Una bibliotecaria que sabía disparar y montar a caballo. No era el tipo de mujer con el que habitualmente se relacionaba él. Y, mucho menos, del que se enamoraba.

Pero ¿desde cuándo se había convertido en alguien importante para él? Nunca había deseado a una mujer tanto como a ella.

En ese momento supo que, si fuera necesario, podría pasar el resto de su vida persiguiendo a ese asesino. «Y no por dinero», pensó Tanner, decidiendo que no aceptaría nada de dinero. «Sino por Brianna. Para que se quedara tranquila».

Lo haría a pesar de que fuera él quien perdiera la tranquilidad en su vida… por no mencionar la cordura.

Tanner sabía que Brianna no estaría allí cuando él regresara a Durango. Y también sabía que ella no querría volverlo a ver.

Aun así, deseaba estar con ella, de la manera más íntima que un hombre podía estar con una mujer. Tanner se cubrió el cuerpo con el edredón, un cuerpo que tiritaba y ardía por Brianna.

«Maldita sea». ¿Qué diablos le estaba pasando?

Tanner resopló. «Como si no lo supiera», pensó. Aun así, no estaba dispuesto a admitirlo.

Capítulo Seis

Brianna se despertó al oír un golpecito en la puerta y frunció el ceño al oír que Hawk la llamaba.

–Brianna.

–Estoy despierta –contestó, preguntándose por qué había ido Hawk, y no Tanner, a despertarla. Se pasó los dedos por el cabello y encendió la luz de la mesilla.

–El café está recién hecho.

–Dame un par de minutos –retiró el edredón y Boyo levantó la cabeza–. Hola, bonito –lo acarició–. Duérmete, no hace falta que te levantes todavía.

Evidentemente, Boyo no pensaba dormir más. Se estiró y saltó de la cama, luego se quedó esperando a que Bri abriera la puerta.

El pasillo estaba iluminado, igual que el salón. Sonriendo, Bri se preguntó si Hawk habría encendido todas las luces de la casa. Hasta que entró en el baño.

Al ver la luz del sol se sobresaltó. ¿Qué hora era? ¿No le había dicho Tanner que quería que se marchasen muy temprano?

Asombrada, se dio una ducha rápida y regresó a

la habitación para mirar el reloj. Las nueve menos cuarto. Perpleja, corrió las cortinas y dejó que entrara el sol por la ventana.

Sospechando lo peor, se vistió deprisa, se cepilló el pelo y se dirigió a la cocina.

Hawk estaba junto a los fogones. Boyo estaba comiendo de su plato. No había rastro de Tanner, ni de las cosas que habían preparado la noche anterior.

–¿Dónde está Tanner? –preguntó con frialdad.

–Se ha ido… Salió sobre las cinco –contestó él, y la miró de manera cálida.

–¿Se ha ido? –repitió ella, alzando el tono de voz–. ¿Se ha marchado sin mí? Ese hijo de…

–Brianna –la interrumpió Hawk en tono calmado–. Ven a desayunar y te lo explicaré todo.

–No me hables como si fuera una niña, Hawk.

–No –dijo él–. Te hablo como si fueras una mujer madura e inteligente. Por favor, ven a sentarte.

A pesar de la rabia que sentía hacia el cretino de Tanner, Brianna se acercó a la mesa y se sentó. ¿Qué otra cosa podía hacer?

Hawk le sirvió un plato de huevos revueltos con beicon y tostadas, acompañado de una taza humeante de café.

Ella miró la comida y bebió un sorbo de café. Estaba demasiado enfadada para comer.

–Sé que estás enfadada –dijo Hawk, y se sentó frente a ella–. Y supongo que tienes derecho a estarlo. Pero no comer no va a solucionar nada.

Cuando comas un poco, te explicaré los motivos de Tanner para marcharse sin ti.

–Ya conozco sus motivos. No me quiere a su lado, ni a ninguna otra persona, para ir de cacería con él –cambió el tono de voz e imitó a Tanner–. Te guste o no, siempre voy solo de cacería.

–Sí, ese es Tanner –admitió Hawk, sorprendiéndola–. Bueno, ahora que estamos de acuerdo en eso, supongo que te comerás el desayuno.

Bri respiró hondo y se contuvo para no decirle lo que podía hacer con el desayuno, pero al hacerlo, inhaló el aroma de la comida y notó que le rugía el estómago. Cedió inmediatamente.

Cuando se terminó el café y todo lo que tenía en el plato, Hawk le rellenó la taza.

–Gracias. El desayuno estaba delicioso –dijo ella, y bebió un sorbo–. Ya estoy lista para escuchar los motivos que tenía Tanner para dejarme tirada.

Hawk sonrió.

–Primero de todo, Brianna, has de saber que no estás tirada. Segundo, él no te ha engañado.

–¿Qué quieres decir? Me ha dejado aquí cuando me dijo que me llevaría con él.

–Y lo ha hecho, a su manera –contestó Hawk–. Te sacó de Durango y te trajo aquí.

–No tiene gracia –empezaba a enfadarse de nuevo–. ¡Maldita sea! No dijo que fuera a traerme aquí. Dijo que me llevaría a buscar a ese hombre con él.

–No podía hacerlo, Brianna.

–Eso es ridículo –lo miró–. Eligió los caballos. Me enseñó la yegua que iba a montar yo. Dejó mis cosas cerca de las suyas, junto a la puerta. ¿Y ahora me dices que no podía llevarme? ¿Por qué no?

Bri se percató de que estaba a punto de perder el control. Respiró hondo y trató de calmarse.

–Me dijo que no quería exponerte al peligro de enfrentarse con un asesino.

–Y yo le dije que podía cuidar de mí misma. Y Tanner lo sabe.

–Estoy seguro –añadió Hawk–. Pero también estoy seguro de que le da igual. Aunque sé que a Tanner le gusta ir solo de cacería, en este caso hay algo más.

–¿El qué? –preguntó Bri con el ceño fruncido–. ¿Qué otro motivo tiene, aparte de su arrogancia y su cabezonería?

Hawk suspiró.

–Tu seguridad es muy importante para él, Brianna. Muy importante.

Bri sintió un nudo en el estómago. ¿Hawk le estaba diciendo que Tanner se preocupaba por ella? Era consciente de que, entre ambos, había una fuerte atracción física. ¿Pero sentiría él algo más fuerte que eso?

La idea hizo que se pusiera nerviosa. Después, trató de ser realista. Tanner no se preocupaba por ella. La trataba igual que trataría a cualquier mujer que quisiera ir en busca de un asesino.

Pero era una idea bonita...

Suspiró, y agachó la cabeza para que Hawk no pudiera ver el sentimiento de decepción en su mirada.

–De acuerdo –dijo él. Retiró la silla y se puso en pie–. Recogeré los platos y te llevaré a Durango.

–No voy a regresar a Durango –dijo decidida.

–¿Quieres esperar aquí a que regrese Tanner? –continuó antes de que ella pudiera contestar–. No es que me importe, compréndelo, pero...

–No, Hawk, voy a ir a buscarlo.

–¿Sola? –la miró–. Brianna, deberías saber que no es seguro ir sola de cacería –negó con la cabeza–. Ese hombre es un asesino.

Bri pestañeó y negó con la cabeza.

–No, no voy a ir a buscar a Minnich. Voy a ir a buscar a Tanner.

–Es igual de peligroso.

–Tendré cuidado –le aseguró.

–¿Y si te pierdes?

Bri lo miró fijamente.

–Sé cómo marcar un camino, Hawk.

–Pero...

–Nada de peros –dijo ella, y negó con la cabeza–. Iré. ¿Me dejarás uno de tus caballos? Te pagaré el precio habitual.

–No.

–Muy bien. Iré caminando –se movió para ponerse en pie, pero Hawk levantó la mano para detenerla.

–No me has entendido. Quiero decir que no aceptaré que me pagues el caballo –le explicó–. Puedes llevarte el que quieras.

Bri pestañeó para contener las lágrimas de agradecimiento que se agolparon en sus ojos.

–Gracias, Hawk.

–También necesitarás un animal de carga.

–No, gracias. Otro caballo me haría ir más despacio. Quiero alcanzar a Tanner antes de que él encuentre a Minnich –se disponía a salir de la cocina, pero Hawk la detuvo.

–Brianna, necesitarás comida y otras cosas. No puedes ir a buscar a Tanner sin ellas.

–Tengo comida desecada y cecina en la mochila –sonrió y decidió no mencionar las chocolatinas–. Mi padre me enseñó a que siempre debía llevar comida conmigo, por si acaso.

–Necesitarás algo más que eso –suspiró él–. En cuanto termine aquí, meteré comida y agua en tus alforjas –arqueó las cejas–. ¿Tienes todas tus cosas recogidas?

–Todo menos lo de última hora –dijo ella, y salió de la cocina–. Solo tardaré un minuto en recogerlas.

Consciente del paso del tiempo, tiempo que Tanner aprovechaba para alejarse cada vez más del rancho, Bri recogió sus cosas e hizo la cama. Después, salió al pasillo.

Hawk no estaba allí. Durante un instante, Bri se quedó de piedra, temiendo que la hubieran abandonado por segunda vez. Boyo estaba junto a su mochila y mirando hacia la puerta, evidentemente, esperaba el regreso de su dueño. Bri esperó con él.

Minutos más tarde, Hawk entró en la casa.

–He puesto la silla a la yegua que Tanner te mostró anoche, ¿de acuerdo?

–Sí –sonrió ella–. Es un encanto.

–Prepararé las alforjas –dijo él, y entró en la cocina.

Bri se agachó para despedirse del perro.

–Tú también eres un encanto –murmuró.

–Quiero que lleves a ese encanto contigo –dijo Hawk, ayudándola a ponerse en pie–. Y no quiero discusiones –continuó al ver que abría la boca para replicar–. Como te dije anoche, te protegerá. Y le he mostrado el rastro de Tanner –sonrió–. Boyo lo encontrará, y no necesitarás marcar el camino. En caso de que no encuentre a Tanner, sabrá regresar a casa.

Bri se acercó y abrazó a Hawk.

–Gracias por todo –dijo ella, y sonrió.

Hawk se sonrojó con una mezcla de placer y vergüenza.

–No… Gracias a ti, Brianna. Eres un encanto de mujer.

–Para lo que necesites, Hawk, llámame y te ayudaré en lo que pueda.

–Lo recordaré –dijo él, y abrió la puerta para que saliera.

La yegua, que Bri decidió llamar Chocolate, la

esperaba atada a la barandilla del porche, cargada con las alforjas que Hawk le había colocado.

–Con eso aguantarás hasta que alcances a Tanner… o hasta que te veas obligada a abandonar y a regresar aquí.

–Eso no va a suceder, Hawk. Pienso encontrar al señor Tanner Wolfe, el cazarrecompensas –Bri apoyó el pie en el estribo izquierdo y se subió a la yegua. Se echó hacia delante y acarició el cuello del animal.

–Veo que sabes tratar a los caballos –dijo Hawk con una sonrisa.

–Más me vale. He estado junto a ellos desde que era niña, montándolos, limpiándolos e incluso quitando estiércol de los establos.

Él se rio.

–No creo que tengas que hacer eso en este viaje –se puso serio–. Por cierto… Hay un saco de avena en una de las alforjas, para complementar la hierba que pueda encontrar, y comida para Boyo.

–Gracias –dijo Bri, y se sonrojó–. Debería haber pensado en su comida.

–No pasa nada. Estabas una pizca enfadada.

–No, estaba muy enfadada –dijo Bri. Agarró las riendas y le dio las gracias a Hawk una vez más–. Te agradezco tu hospitalidad y tu ayuda.

–Ha sido un placer –dijo él, y se levantó un poco el sombrero–. No pierdas más tiempo –la regañó, y le dio una palmadita en el lomo a la yegua–. Vamos, Boyo. Busca a Tanner.

El perro salió corriendo delante del caballo y empezó a olisquear en busca del rastro de Tanner.

Bri se despidió de Hawk con la mano y puso a trotar a la yegua para seguir al perro.

El día sería largo. A pesar del sol, en las zonas altas el aire era frío. Hacía un día precioso para montar, pero Bri no estaba montando por placer. Iba en busca de dos hombres. Con un poco de suerte, encontraría a Tanner primero. Bri seguía enfadada, pero también ansiosa y un poco asustada.

Había recorrido selvas, sabanas y todo tipo de montañas. Aun así, nunca había sentido la emoción que sentían su padre y sus amigos cuando iban de cacería. Pero aquella cacería era diferente. Nunca había salido sola. Y que no debía salir sola era lo primero que su padre le había enseñado.

Boyo iba siguiendo el rastro cerca de un riachuelo. Tenía sentido, Tanner y Minnich necesitarían agua.

Puesto que había desayunado bien, Bri continuó hasta media tarde. Entonces, agradeció bajar del caballo y estirar un poco las piernas. Después de acariciar a Chocolate, le dejó un puñado de avena sobre la hierba. También acarició a Boyo y le dio un poco del pienso que Hawk le había preparado.

Más tarde, abrió la mochila, que había dejado en el suelo, sacó una toalla y se dirigió hacia el riachuelo.

La corriente formaba una espuma blanca alrededor de las rocas. Agarrándose a la rama de un árbol, se arrodilló en la orilla.

El agua estaba tan fría como la nieve deshelada. Bri se lavó las manos, se enjuagó la boca y se lavó la cara. Se secó y regresó junto a los animales, al lugar en el que improvisaría un campamento para pasar la noche. El sol estaba cada vez más bajo y ella tenía cosas que hacer antes de que se ocultara del todo.

Recogió algunas piedras y las colocó en círculo, apiló unos palitos, partió unas astillas y les prendió fuego. Después, colocó un tronco seco que había encontrado sobre las llamas.

El rugido de su estómago le recordó que era hora de cenar. Abrió las alforjas para ver lo que Hawk le había preparado y encontró dos botellas de agua, galletas de cacahuete, dos manzanas, un trozo de queso y otro de jamón ahumado.

«No está mal», pensó Bri, y sonrió. De hecho, todo era muy nutritivo y apetecible. Acercó un tronco al fuego y se sentó para comer.

Puesto que no sabía cuánto tiempo duraría la comida, ni la cacería, Bri comió con mesura y disfrutó de cada bocado. De postre, se tomó tres chocolatinas de las que había llevado.

Puesto que el sol se estaba ocultando, preparó el saco de dormir cerca del fuego. Cuando oscureciera, bajaría la temperatura, así que decidió ponerse la chaqueta.

Abrazándose, experimentó un fuerte sentimiento de soledad. Y, también, un sentimiento de añoranza. Echaba de menos a Tanner. Y su beso.

«Maldita sea». ¿Cómo un beso podía haberla afectado tanto? Quizá porque había sido mucho más que un beso. El beso de Tanner era todo, el sol, la luna, el universo.

El ruido de las criaturas nocturnas interrumpió sus pensamientos, y Bri se percató de que había oscurecido del todo. Debía dormir para recuperar energía. Se quitó las botas y la chaqueta y se metió en el saco, vestida. Boyo se tumbó a su lado.

Pero no consiguió conciliar el sueño. Permaneció despierta durante horas, contemplando cómo se apagaban las llamas de la hoguera, mientras otras llamas se prendían en su interior. Eran las llamas provocadas por el recuerdo de Tanner, y de su beso. Se quejó y cerró los ojos con fuerza.

A pesar de que, por fin, el sueño se apoderó de ella, podía sentir los labios de Tanner sobre su boca.

Capítulo Siete

Un ruido la despertó antes del amanecer. Bri se incorporó sobre un codo y miró a su alrededor. Era Boyo olisqueando el suelo.

–¿Tienes hambre? –le preguntó, y agarró la chaqueta antes de salir del saco.

Tiritando, se puso la chaqueta y después sacó la comida de Boyo y la avena para Chocolate. Mientras los animales comían, ella se tomó un paquete de galletas de cacahuete y bebió un poco de agua.

Al cabo de media hora, Bri tenía todo recogido, y continuaba el viaje siguiendo a Boyo.

Al mediodía, hizo una parada corta para descansar un poco, y en menos de una hora estaba en ruta otra vez. Durante la primera parte del recorrido, subieron río arriba. Después, el camino comenzó a llanear.

A media tarde, se detuvieron otra vez, y Bri agradeció bajar del caballo. Tenía los músculos doloridos de haber montado tanto rato.

Después de alimentar a los animales, Boyo empezó a deambular por la zona. Ella se dirigió hacia unos arbustos para hacer sus necesidades. Después, se acercó al riachuelo para lavarse.

Tropezó con la raíz de un árbol y se tambaleó. Cuando recuperó el equilibrio y levantó la vista, se detuvo en seco. Un hombre estaba de pie, al otro lado del riachuelo. Se había cambiado el color del pelo y llevaba gafas, pero Bri lo reconoció enseguida. Jay Minnich. Llevaba un rifle en la mano y la miraba fijamente.

Incluso desde la distancia, ella notó su mirada enfermiza. Dio dos pasos atrás. Él dio tres pasos hacia delante, y se llevó el rifle al hombro.

Bri se quedó paralizada y sintió que el nudo que se le había formado en la garganta le impedía gritar. Tampoco sabía por quién habría gritado.

O sí.

Por Tanner. ¿Dónde estaba?

Sin apenas respirar, Bri dio otro paso atrás. Al ver que él llevaba el dedo hasta el gatillo, ella cerró los ojos y esperó el impacto de la bala contra su cuerpo.

En ese momento, otro cuerpo chocó contra ella y la tiró al suelo. Abrió los ojos y oyó el sonido de una bala sobrevolando sus cabezas.

Tanner. Bri podría haber gritado aliviada, pero se fijó en que Tanner tenía el brazo estirado y la pistola en la mano. Disparó, y gritó a Boyo para que se quedara a su lado.

Después, se levantó y corrió hacia el agua. Se detuvo en medio del riachuelo y llamó a Boyo. El perro se metió en el agua y cruzó a la otra orilla con Tanner. Bri lo vio hablar y gesticular hacia el perro. Boyo olisqueó el suelo durante unos minutos y se detuvo, mirando hacia delante.

Bri supo que Boyo había captado el rastro de aquel hombre.

–Se ha ido –dijo Tanner, cuando regresó a su lado y le dio la mano para ayudarla a ponerse en pie–. ¿Qué diablos crees que estás haciendo aquí? –no le dio tiempo a contestar–. ¿Estás intentando que te maten?

Bri se humedeció los labios. Estaba casi tan asustada de él como había estado de Minnich.

–Intentaba alcanzarte.

–Sí, bueno, menos mal que Boyo me ha encontrado –exhaló con fuerza–. Si no… –se estremeció al pensar en las consecuencias.

–No voy a decirte que lo siento –dijo ella en tono desafiante–. Me refiero a haberte seguido.

Él suspiró.

–No esperaba que lo hicieras –se volvió–. Vamos.

–¿Adónde?

–A mi campamento, por supuesto, antes de que oscurezca del todo –la miró arqueando una ceja–. ¿O es que prefieres pasar la noche aquí?

–No –negó con la cabeza y lo siguió.

Como Bri no había desempaquetado nada más que la comida de los animales, no tardó demasiado en reunir sus cosas.

El campamento de Tanner estaba muy cerca de donde ella se había detenido. Tanner había encendido una hoguera y había montado una tienda de campaña.

–Una casa lejos de casa –dijo ella, al ver que también había colocado un tronco junto al fuego.

–Sí –contestó él en tono sarcástico–. Solo que no estamos de vacaciones. No deberías estar aquí.

–Pero estoy, así que asúmelo –contestó ella–. Y te dije que vendría. No puedes decir que no te lo advertí.

–Está bien, olvidémoslo. Estás aquí, y ya está –se volvió hacia el fuego–. ¿Te apetece un café?

–Oh, sí –suspiró ella–. Me encantaría. Pero tengo que lavarme antes de que oscurezca.

–Prepararé el café, y la cena, para cuando regreses.

–Gracias –se dirigió hacia el riachuelo.

Después de dos días de viaje se sentía tan incómoda que decidió desnudarse y lavarse entera. Congelada, pero limpia, se secó y se vistió deprisa. Después, regresó junto al fuego para calentarse. Tanner no estaba por ningún lado.

–Ah, ya estás aquí –dijo Tanner, agachando la cabeza para salir de la tienda–. ¿Tienes hambre?

–Mucha –admitió Bri, al notar cómo le rugía el estómago–. ¿En qué puedo ayudarte?

–En nada –contestó él, y se acercó al fuego para remover el contenido de la olla que había sobre una roca–. Todo está bajo control.

–Ya lo veo –Bri miró a su alrededor–. ¿Cómo lo has preparado todo tan rápido?

–Ya había empezado cuando Boyo apareció en

el campamento, agarró mi camisa con los dientes y tiró de mí para que lo siguiera. De algún modo, supe que tenía que buscarte –sonrió.

–Hmm –murmuró Bri, y se fijó en la sensación que le provocaba su sonrisa.

–¿Qué te parece una sopa para cenar?

–¿Qué? –Bri pestañeó para volver a la realidad–. Ah, sopa, sí, suena bien. ¿Qué clase de sopa?

–De verduras. Hawk me la dio. Es de la deshidratada, pero está buena. La he tomado en otras cacerías. No debería tardar mucho en calentarse.

–¿Dijiste algo de un café? –le recordó ella.

–Sí, queda un poco en el termo. Sírvete.

Bri se humedeció los labios y se fijó en cómo la miraba Tanner.

–Gracias –contestó con voz temblorosa.

Él permaneció mirándola a los ojos un instante, después se acercó a las alforjas y sacó el termo. Sirvió un poco de café en una taza de metal y dejó la taza sobre la roca, cerca del fuego.

–Solo tardará un minuto.

El sonido de su voz hizo que Bri se sintiera un poco menos vulnerable. Al parecer, no era la única afectada por la situación de proximidad.

El sol ya se había ocultado cuando empezaron a comer la sopa con trozos de pan duro. De postre, Bri sacó las chocolatinas y contó cuatro para cada uno. Tanner la miró asombrado.

A medida que avanzaba la noche, la tensión en el ambiente era cada vez mayor.

–Queda un poco de café. ¿Te apetece? –le preguntó Tanner, mirándola por encima del borde de la taza.

–Sí, por favor –contestó ella, agradecida de tener una excusa para retrasar el momento de acostarse–. ¿Qué pasa con Minnich? –preguntó ella–. ¿Crees que habrá cruzado el río pensando en que nosotros haríamos lo mismo? –antes de que él contestara, continuó–: Creo que sabe que estamos buscándolo. ¿Tú qué opinas?

Tanner le dio el café antes de contestar.

–Creo que tienes razón.

Bri bebió un sorbo y dijo:

–Entonces, ¿cómo hemos de proceder? ¿Cruzaremos el riachuelo?

–No. Eso es lo que él creerá que haremos. Descubriremos si él ha cruzado o no –dijo con seguridad.

–¿Cómo?

–Boyo conoce su rastro. Si ha cruzado el río, el perro encontrará el camino. Si no lo ha cruzado, continuará a lo largo, porque él sabe que necesitará agua.

–Por supuesto –contestó Bri, sintiéndose idiota. Ella había visto que el perro olisqueaba el rastro del asesino. La única excusa que tenía era que estaba tan nerviosa que no podía pensar con claridad. Se tomó el café despacio, tratando de alargar lo inevitable todo lo posible.

Tanner se puso en pie.

–Se está haciendo tarde –dijo él, y se desperezó.

Al ver la musculatura de su torso, tensa bajo la ropa, Bri se estremeció. Había llegado el momento de meterse en la tienda. ¿Desearía Tanner repetir el beso que habían compartido dos noches antes?

¿Deseaba ella besarlo otra vez?

Sí.

No.

En ese momento, estaba demasiado asustada como para decidir.

Lo deseaba, pero se estaba convirtiendo en alguien demasiado importante para ella, su sonrisa, su risa, todo él.

–Recogeré las cosas de aquí fuera y me ocuparé del fuego. Tú métete en la tienda y desvístete. Me reuniré contigo enseguida –dijo él.

Bri se quedó helada. ¿Desvestirse? Era el momento de decirle que no…

–Brianna, no te asustes de mí –dijo él, en tono tranquilizador–. Te prometo que no intentaré hacer nada que no quieras que haga.

–Sí, pero…

–Bonita, soy capaz de controlarme –dijo él, y negó con la cabeza–. Lo único que pretendo es dormir.

–Pero has dicho desvístete –dijo ella con escepticismo.

–Que te quedes en ropa interior. Tienes ropa interior larga, ¿no?

–Sí –contestó Bri, mirándolo a los ojos. Al no

ver nada más que cariño en su mirada, asintió y se metió en la tienda.

El interior estaba iluminado por una pequeña linterna. La tienda era lo bastante grande para los dos, pero al ver que Tanner había sacado los sacos y los había unido con las cremalleras, Bri se quedó paralizada.

—Brianna, no voy a pedirte nada que no quieras darme libremente. Ni ahora, ni nunca —dijo él, como si supiera que ella se había quedado de piedra mirando los sacos—. ¿Trato hecho?

—Sí —dijo ella, y dejó el rifle y la pistola a un lado del saco de dormir, tal y como Tanner había hecho con sus armas en el otro lado.

Se quitó la ropa y se frotó el cuerpo con la toalla húmeda que había empleado para secarse en el río. Tras sentirse más limpia, buscó la ropa interior larga en la mochila.

Bri estaba metida dentro del saco cuando Tanner entró en la tienda, con Boyo detrás.

—Túmbate —murmuró, y cerró la cremallera de la tienda.

—¿Boyo va a dormir aquí con nosotros? —preguntó Bri.

Tanner reconoció el tono de alivio de su voz y sonrió.

—Sí. Afuera hace frío y por la mañana hará mucho más —comenzó a desvestirse.

Brianna lo miró con los ojos bien abiertos y él se rio.

–No te asustes. Solo me voy a quedar en ropa interior, y es larga.

–La mía es de seda –dijo ella, sin pensar.

Él soltó una carcajada.

–Estupendo. La mía también.

Avergonzada, Bri se colocó de lado y se alejó una pizca de él. Momentos después, al sentir que él se metía en el saco, se puso tensa.

–Tranquila, no voy a atacarte.

Ella se rio. No pudo evitarlo.

–Me alegra oírlo. No me gustaría tener que hacerte daño.

La risa de Tanner quedó amortiguada por los aullidos de Boyo.

–Creo que tiene que salir –dijo Bri.

–Está bien –dijo él. Se levantó y se puso la chaqueta y las botas–. Ya voy –le dijo al perro. Abrió la cremallera y dejó salir a Boyo–. Será mejor que vaya a ver a la yegua mientras estoy fuera.

–Chocolate.

Él se volvió y la miró en la penumbra.

–¿Quieres chocolate ahora?

–No –se rio Bri–. La yegua. La he llamado Chocolate, puesto que se me olvidó preguntarle a Hawk cuál es su verdadero nombre.

–Ah –dijo él, y salió de la tienda.

Ella oyó que se alejaba riéndose.

Tanner estuvo fuera unos diez minutos, durante los cuales, Bri no paró de moverse dentro de los sacos.

Cuando Tanner regresó, abrió la cremallera y se quitó la chaqueta y las botas.

Boyo se acomodó a la entrada de la tienda. Si alguien trataba de entrar por la noche, tendría que pisar al perro.

Bri sonrió al imaginar a alguien pisando al perro y sobreviviendo para contarlo, aunque ese alguien fuera un oso. Cuando Tanner se acostó a su lado, dejó de sonreír.

—¿Estás bastante calentita?

Ella asintió. El saco le había calentado la piel, pero la sonrisa de Tanner le había calentado el cuerpo entero.

—¿Qué haces? —soltó ella, al ver que él la tomaba entre sus brazos.

—Solo quiero abrazarte, Brianna —dijo él—. ¿Estás cómoda?

—Hmm —murmuró ella, y se acurrucó contra él.

—Bien. ¿Tienes sueño?

—No mucho —dijo Bri, y contuvo un bostezo—. Estoy contenta de poder tumbarme, de estar calentita y relajada y de no tener que subirme al caballo hasta dentro de un rato.

Tanner soltó una carcajada. A Bri le encantaba el sonido de su risa. Era como si un sentimiento de seguridad se apoderara de ella.

—O sea, que no eres tan dura como creías que eras —dijo Tanner en tono de broma.

—Sí lo soy —dijo Bri, y echó la cabeza hacia atrás para mirarlo—. Es solo que hacía mucho tiempo que no montaba a caballo. Puedo soportarlo. Solo estoy un poco rígida.

–Nunca lo he dudado –Tanner hizo todo lo posible por parecer serio. El brillo de sus ojos lo delató.

–Sí, claro –contestó ella.

Él se rio de nuevo y la besó en la sien.

–De veras que no lo dudaba, Brianna.

Bri se derritió. Le encantaba la manera en que pronunciaba su nombre.

–De acuerdo, estás perdonado.

–Gracias –dijo él–. ¿Ese perdón también incluye el hecho de que me marchara de casa de Hawk sin ti?

Ella dudó un momento y recordó lo enfadada que había estado al ver que él se había marchado sin ella.

–Supongo que sí –dijo Bri.

Permanecieron en silencio unos minutos. Bri podía sentir su cálida respiración contra la piel, y puesto que deseaba que la besara, o que incluso le hiciera el amor, se apresuró a romper el silencio y evitar que sucediera algo que los llevara a un camino sin retorno.

–Háblame de ti, Tanner. De tu vida.

–¿Por qué tengo la sensación de que no confías en mí? –dijo él, en tono divertido.

–No… No es eso. Confío en ti –dijo Bri, y se percató de que era verdad.

–Si no es eso –dijo él–, ¿qué es?

–Soy yo –dijo con la garganta seca–. Es de mí de quien no me fío.

–No lo entiendo –dijo él–. No te fías de ti, ¿respecto a qué?

–Contigo. No me fío de mí contigo –admitió, y lo miró.

Notó que él se ponía tenso.

–Brianna, te lo he dicho, no…

–No, Tanner, por favor, escucha. No lo comprendes –dijo ella, y se acurrucó contra él–. Sé que no lo harás –suspiró–. El problema es que no estoy segura de no hacerlo yo.

–Ya entiendo –la abrazó con más fuerza, la besó en la oreja y le susurró–: ¿Sabes una cosa, Brianna? Estás un poco loca.

Nadie le había dicho algo parecido antes. Soltó una risita y terminó riéndose a carcajadas. Escondió el rostro contra la curva del cuello de Tanner y se rio con más fuerza de la que se había reído hacía mucho tiempo.

–¿Sabes una cosa, Tanner? –le preguntó entre risas–. Tienes razón.

Él la besó en la mejilla.

–No pasa nada, bonita, porque yo también estoy un poco loco.

Capítulo Ocho

Amaba a aquel hombre. La idea apareció en su cabeza como un rayo repentino. Bri sintió un nudo en el estómago. ¿En qué estaba pensando? ¿En el amor? No podía haberse enamorado tan rápido, ¿no? De pronto, la risa se apagó en su garganta, pero mantuvo el rostro contra su hombro, inhalando su aroma masculino.

–Te parezco divertido, ¿verdad? –le preguntó Tanner en tono de risa–. A mí no me ha parecido tan gracioso.

–Oh, Tanner, no tienes ni idea –Bri se detuvo para tomar aire y poner en orden sus pensamientos–. Ese es uno de los motivos por los que no me fío de mí misma, contigo. Eres tan abierto y directo. Hay poca gente así hoy en día, y es estupendo encontrar a alguien que lo sea.

–A pesar de tu discurso políticamente correcto, ¿por qué tengo la sensación de que estás poniendo en duda al sexo masculino?

Bri no pudo evitarlo y empezó a reírse. Si él pretendía aparentar que estaba ofendido, había fracasado por completo.

Al momento, Tanner empezó a reírse también.

–¿Sabes de qué nos estamos riendo? –preguntó él cuando se calmó un poco.

–De nosotros mismos, supongo –contestó ella–. Ha sido divertido, ¿a que sí?

–Sí –contestó Tanner, y respiró hondo–. ¿Qué quieres saber?

–¿Qué? –su pregunta la había descolocado.

–Dijiste que querías saber más cosas sobre mí. ¿Qué quieres saber?

–Todo –soltó ella, sin pensar.

–Ah, ¿eso es todo? –se encogió de hombros–. Eso no debería llevarme más de cinco o seis horas. Por supuesto, si lo recuerdo bien, en Durango hablamos de nuestras cosas favoritas, ¿no es así?

–Sí, lo sé, pero me refería a otro tipo de cosas.

–¿Como qué?

–¿Has estado enamorado alguna vez? –preguntó ella.

–Una vez pensé que lo estaba. Me equivoqué. ¿Y tú?

–Una vez. Y también me equivoqué. Era un hombre atractivo y encantador, pero resultó ser una víbora… Un fraude.

–Vaya, ¿podrías ser más concreta? –dijo él, en tono de broma.

–Era un canalla –dijo ella muy seria–. Un día regresé a mi dormitorio después de haber estado en la biblioteca y lo encontré en la cama con mi compañera de habitación. Lo eché de allí. Después, sin una pizca de remordimiento, aproveché los contactos de mi padre para que a ella la cambiaran de habitación.

—Eres dura.

—Estaba enfadada. Al menos, no les hice ningún daño físico.

—Me alegra oírlo –dijo él–. Durante un instante temí que me dijeras que le habías pegado un puñetazo a ella y que a él le habías arrancado la piel con un cuchillo.

—Maldita sea –dijo ella–. ¿Cómo no se me ocurrió en aquel momento?

Tanner sonrió antes de besarla en los labios con suavidad.

—¿Siguiente pregunta?

El beso le cortó la respiración y mezcló sus pensamientos.

—¿Te has quedado dormida? –le preguntó mientras la atormentaba besándole la oreja.

—No.

—¿Ya no tienes más preguntas?

—No, estoy pensando.

—¿Tanto? –preguntó con interés.

Ella lo miró.

Él se rio.

—Podemos hablar de cuáles son nuestras fiestas favoritas. La mía es el día de Acción de Gracias. El pavo, el relleno, ya sabes. ¿Algo más?

—Bueno… –dudó un instante y se lanzó–. Estaba pensando en Candy.

—¿Qué pasa con ella?

–Parecía... No sé, parecía un poco posesiva contigo. ¿Estás...?

–Creo que eso te lo contesté en su momento, Brianna –dijo con impaciencia–. No hay, ni ha habido, nada personal entre nosotros.

–Lo siento. Sé que no es asunto mío.

–No hay ningún asunto en lo que a Candy se refiere. No me interesa en ese aspecto.

–¿Personalmente? ¿Sexualmente? –preguntó Bri.

–No, corazón, no me interesa. Y que me interesara no me haría ningún bien. Está prometida con el hombre que estaba esperándola en el restaurante. Además, no es mi tipo. Demasiado atrevida, demasiado fácil.

–¿Qué significa eso?

–Lo que crees que significa. Ha estado con muchos hombres. No es que sea asunto mío, pero yo soy más especial que otros.

Bri se sintió satisfecha.

–Creo que eso ya lo sabía.

Brianna notó que él movía la cabeza asombrado, porque sintió el roce de su cabello contra la mejilla.

–Si lo sabías, ¿por qué lo preguntas?

–Um... ¿Porque soy curiosa?

–Y muy mala mentirosa –contestó él–. Querías saberlo porque ella no te cayó bien y pensaste que si me preguntabas lo que opinaba de ella te harías una idea de mi personalidad... o falta de ella.

«Listillo», pensó Bri, y no dijo nada.

–Sí –confesó.

–Eres pilla, Brianna –la regañó–. Lista pero pilla.

–Es evidente que no soy demasiado lista –dijo ella–. Me has pillado a la primera.

–Está bien, entonces es que soy muy listo –la atrajo hacia sí.

–Lo eres –dijo ella, y trató de contener un bostezo.

–¿Tienes sueño? –murmuró él.

–Sí –contestó ella, pensando que no tenía sentido negar lo evidente.

–¿Se han acabado las preguntas por esta noche?

–Supongo que sí –suspiró–. Aunque… ¿cuál es tu color favorito?

–Bueno, antes era el azul, como el de los pantalones vaqueros –contestó él–. Pero ahora es el caoba, como el bonito color de tu cabello.

–Gracias –dijo con voz temblorosa. Estaba perdiendo terreno, y sabía que si no se detenía en ese mismo momento, podía despedirse de la posibilidad de dormir durante algún tiempo.

–¿Cuál es el tuyo?

«¿Cómo?», Bri frunció el ceño en la penumbra. «¡Ah! Mi color favorito». ¿Cuál era? Tratando de recordar algo que debía saber, contuvo un bostezo contra el cuello de Tanner.

–No pierdas horas de sueño por ello –dijo él con dulzura–. Puedes contestarme mañana durante el camino.

Bri suspiró aliviada.

Él se rio.

Bri suspiró de nuevo, deseando que no se hubiera reído.

–¿Tenías que mencionarlo? Intentaba olvidar que mañana tengo que volver a subir a un caballo.

–Lo harás de maravilla, y lo sabes.

–Sí –bostezó de nuevo y cerró los ojos–. Buenas noches, Tanner.

–¿Estás cómoda y calentita?

–De maravilla –balbució.

–Entonces, duérmete.

–Bueno –dijo ella, y, al instante, se quedó dormida. Ni siquiera oyó que él le diera las buenas noches.

Tal y como había hecho durante las dos últimas noches que había pasado en casa de Hawk, Tanner permaneció despierto mucho rato después de que Brianna se quedara dormida. Al respirar, inhalaba el delicioso aroma que desprendía su cabello. Era un aroma intenso, femenino. Le habría encantado probarlo.

Respiró hondo para tratar de calmarse, pero lo único que consiguió fue excitarse aún más.

Se dejó llevar por la fantasía de sentir la suave y delicada piel del cuerpo de Brianna bajo sus manos. Deseaba acariciarla, besarla, estrecharla contra su cuerpo.

Anhelaba estar dentro de ella, convertirse en parte de su ser. El deseo era tan fuerte que tuvo que apretar los labios para contener el gemido que se le formaba en la garganta.

«Maldita sea», pensó. Necesitaba alejarse de ella, aunque solo fueran unos minutos. Necesitaba salir de la tienda y tomar aire fresco. Quizá, el frío de la noche calmara su cuerpo sobrecalentado, y sus ardientes pensamientos.

Con cuidado, salió del saco, abrió la cremallera de la tienda y, tras acallar a Boyo, salió a la oscuridad.

El aire de la noche no era lo bastante frío. Lo que necesitaba era una ducha de agua helada. El riachuelo. Sin pensárselo dos veces, sacó una toalla de una de las alforjas y se acercó al agua. No se había alejado demasiado cuando Boyo apareció a su lado.

–Deberías haberte quedado con Brianna –murmuró Tanner–. Yo sé cuidar de mí mismo.

Como si hubiera comprendido sus palabras, el perro aminoró el paso y lo miró.

–Estaré bien –dijo Tanner–. Regresa a la tienda y asegúrate de que ella esté a salvo.

Tras dudar un instante, el perro regresó por el mismo camino.

Tanner continuó hasta el río. El agua no estaba fría, sino helada. Se quitó la ropa interior y se adentró en ella, conteniendo la respiración para soportar el frío. Al cabo de un par de segundos, regresó a la orilla y se secó deprisa. Estaba tiritando pero, al menos, ya no estaba excitado.

Se vistió de nuevo y regresó a la tienda, al calor de la cama… y de la mujer que estaba durmiendo en ella.

Sin dejar de temblar, se metió en el saco y se acercó a Brianna, sin tocarla, esperando a que la ropa interior lo hiciera entrar en calor y dejara de tiritar.

Despacio, agarró la linterna que tenía a un lado y la encendió un instante. Deseaba verle la cara. Sonriendo, apagó la linterna y la dejó en el suelo.

«Es muy bella», pensó, y se acercó a ella. Despierta, riéndose, seria, Brianna era muy guapa. Dormida, incluso más.

Ella suspiró y él sintió su cálida respiración sobre la piel. ¿Qué tenía de especial aquella mujer para que él la deseara tanto, la admirara y sintiera la necesidad de protegerla?

Había conocido a muchas mujeres, pero con ninguna había llegado a sentir lo que sentía cuando estaba con ella.

–¿Qué me pasa contigo? –susurró Tanner, sintiendo una fuerte presión en el pecho.

La palabra «amor» apareció en su cabeza. «¿Amor? ¿Es eso lo que siento por ella?».

Tanner se quedó paralizado. Apenas la conocía, y nunca había creído en los cuentos que hablaban del amor a primera vista y de finales felices. Ni siquiera estaba seguro de creer en el amor en sí.

No, no podía estar enamorado de Brianna. No podía ser. ¿O sí?

Ella murmuró algo y se acurrucó contra él. ¿Tendría frío? La ocurrencia hizo que la abrazara con fuerza contra su cuerpo.

Entonces, ella suspiró, pestañeó y lo besó en el cuello. Tanner se quedó quieto. ¿Estaba despierta o lo estaba acariciando dormida?

—Tanner…

Su voz era suave, pero no parecía dormida.

—Estoy aquí —contestó él.

—¿Me das un beso?

Tanner sintió que todo se paralizaba en su interior. Se moría por besarla, y por hacerle el amor.

—Si es lo que quieres... —le susurró al oído.

—Sí… —murmuró ella, y levantó la cabeza para ofrecerle la boca.

Él la besó en los labios. Su boca era como el paraíso y lo hacía arder como si estuviera en el infierno.

Brianna lo besó también, con tanto deseo que él sintió cómo el calor se distribuía por su cuerpo y provocaba que se excitara. Desesperado, saboreó el néctar de su boca y movió las caderas para que Brianna pudiera notar su miembro erecto, y supiera lo mucho que deseaba fundir su cuerpo con el de ella.

En lugar de retirarse, como él pensaba que haría, ella lo abrazó con fuerza y, sin dejar de besarlo, presionó el vientre contra su cuerpo, excitándolo aún más y reduciendo a cenizas su sentido común.

–Brianna –dijo él.

–Sí –fue todo lo que contestó. Todo lo que necesitaba decir. El movimiento de sus caderas decía todo lo demás.

–¿Estás segura? –necesitaba saberlo antes de continuar.

Brianna permaneció en silencio y se separó de él. Tanner se quedó helado, pero entró en calor inmediatamente al ver que ella se quitaba la camiseta y la tiraba al suelo, sobre las armas.

Tanner respiró hondo, deseando saborear los pezones turgentes que ella le ofrecía. Se inclinó hacia delante, y se desilusionó al ver que ella se separaba de él.

«¿Qué diablos...?», pensó. Al momento, vio que Brianna se estaba quitando los pantalones. Ardiente de deseo, él se incorporó un poco y se quitó la ropa.

En el momento en que él se metió de nuevo en el saco, ella separó las piernas a modo de invitación. Tanner no estaba dispuesto a rechazarla. Mientras se acomodaba en su entrepierna, sintiendo la suavidad de su piel, le lamió un pezón y se lo introdujo en la boca.

Ella le acarició el torso, la espalda, las caderas, el vientre, el…

–Brianna –dijo él con tensión en la voz. Necesitaba mucho control para contenerse, y besarla y acariciarla para que disfrutara al máximo.

Brianna no mostraba nada de control.

–No esperes, Tanner –susurró contra sus labios–. Te necesito dentro de mí, ahora.

Contento, él se colocó bien e introdujo la lengua en la boca de Brianna, al mismo tiempo que deslizaba su miembro en el interior de su cuerpo.

Ella respiró de manera entrecortada. Y él se detuvo un instante, temiendo haberle hecho daño. Entonces, ella lo agarró por las caderas, clavó las uñas en su piel y arqueó el cuerpo para que la poseyera con fuerza.

Tanner se volvió loco. Aferrándose a la última pizca de control, comenzó a moverse despacio. Ella gimió y comenzó a moverse más deprisa. Con cada empujón, arqueaba el cuerpo provocando que la penetrara con más fuerza, hasta que no pudo soportarlo más y llegó al orgasmo. Tanner sentía una tensión insoportable. Empujó una vez más y la acompañó en la expedición más apasionante de su vida.

Bri se tumbó a su lado, con el corazón acelerado, la respiración alterada y el cuerpo saciado. Jamás había experimentado algo tan maravilloso. Deseaba reír y llorar al mismo tiempo.

–¿Estás bien? –le preguntó Tanner, algo preocupado.

–Oh, Tanner –contestó ella–. Ha sido…

–Sí, lo ha sido –murmuró él, y la besó en el lóbulo de la oreja–. Ha sido más que eso.

Ella suspiró satisfecha.

–Gracias a ti.

–¿A mí? –preguntó asombrado–. Debería darte las gracias yo a ti, Brianna. Eres magnífica.

Ella se volvió y lo besó en los labios.

–¿A que sí?

Tanner se rio. Al instante, la besó de nuevo, en la mejilla, en la barbilla y en los labios.

Minutos más tarde, acurrucada contra él, y con la cabeza sobre su torso, sintiéndose segura entre sus brazos, Brianna se quedó dormida. Todos los pensamientos sobre el día siguiente habían desaparecido de su mente, gracias a la tensión que habían liberado haciendo el amor.

Tanner se quedó despierto, dándole vueltas a la posibilidad de que Brianna y él permanecieran juntos. «No», pensó. No había forma de que pudiera estar con ella. Cuando terminara la cacería, ella regresaría a Pensilvania, a su biblioteca, a sus amistades de clase alta. Él, por otro lado, continuaría allí. O donde tuviera que ir, persiguiendo delincuentes a cambio de dinero.

Habían disfrutado de una relación sexual maravillosa. Bueno, habían hecho el amor una vez. Pero una relación no consistía en una sola vez.

Brianna estaba por encima de él.

Tanner negó con la cabeza. Eso no era justo. El padre de Brianna ganaba más dinero que el suyo, pero eso no significaba que estuviera por encima de él. A pesar de que la considerara la persona más importante de su vida. Y sabía que daría la vida por ella si fuera necesario.

¿Por qué diablos había permitido que lo acompañara en lugar de hacerla regresar a casa de Hawk? Desde luego, no por dinero. Ya había decidido que no aceptaría nada de ella. En realidad, no necesitaba el dinero. Le gustaba, pero no lo necesitaba. Había ganado bastante y había invertido la mayor parte. Aunque no era rico, tenía bastantes ahorros.

Pero el dinero no tenía nada que ver con lo que le sucedía con Brianna.

Aunque tenía experiencia en cacerías, solo le interesaba aquella porque tenía un buen motivo para ello.

Le había contado que no le gustaba caminar por la montaña, ni siquiera con una cámara. Tenía un estilo de vida completamente diferente, rodeada de libros y de actividades muy distintas a las de él.

Tanner estaba seguro de que Brianna consideraba extraño su estilo de vida. Entonces, ¿qué sería de ellos cuando terminara la cacería? Él sabía la respuesta. Ella regresaría a la Costa Este y él se quedaría en Colorado.

Brianna se acercó más a él y colocó una pierna sobre su muslo. Tanner notó que su cuerpo reaccionaba otra vez, y respiró hondo para mantener el control. No era fácil, pero se separó un poco para evitar la tentación. Al sentir que el deseo disminuía una pizca, suspiró aliviado.

Se forzó para olvidarse de las dudas que lo corroían por dentro y se obligó a centrarse en el largo día que les quedaba por delante.

Una voz interior le aconsejó que se durmiera de una vez por todas.

Capítulo Nueve

La primera luz del alba teñía el horizonte cuando Tanner la despertó.

–Brianna –dijo él–. Es hora de levantarse. Tienes tiempo para vestirte y asearte antes de que termine de preparar el café.

–Mmm –contestó ella.

Tanner se rio.

–¿Eso es un «de acuerdo» o un «piérdete»?

El sonido de su risa hizo que Bri se despertara del todo. Bostezó y dijo:

–De acuerdo, saldré en unos minutos.

Tras remolonear un poco, Bri salió del saco y se puso los vaqueros y la blusa encima de la ropa interior larga. Se cambió de calcetines y se puso las botas. Cuando terminó, notó todo el cuerpo dolorido tras haber hecho el amor después de mucho tiempo.

Se recogió el cabello en una coleta, guardó sus cosas y sacó la mochila de la tienda. La dejó junto a Tanner y se dirigió a los arbustos.

Oyó que él se reía y trató de ignorar cómo reaccionaba su cuerpo a la vez que se concentraba en el asunto que tenía entre manos.

Cuando terminó, se limpió las manos con una toallita desechable y regresó al campamento.

Tanner estaba en cuclillas junto al fuego, preparando dos tazas de café instantáneo. Le ofreció una y ella la aceptó.

Mientras trataba de apagar el fuego, Bri se fijó en la musculatura de sus piernas y recordó la impresionante sensación que había experimentado al tenerlas junto a su cuerpo la noche anterior. Cuando él levantó la vista y ella vio su rostro tras una cortina de pelo oscuro recordó cómo la había mirado con pasión.

De pronto, se le cayó la taza.

Boyo se sobresaltó y empezó a ladrar al oír que el aluminio chocaba contra una roca. Los caballos relincharon y se comenzaron a inquietarse ante lo que sucedía.

—Mira lo que has hecho —dijo Tanner, y se puso en pie—. Has asustado a los animales.

—Lo siento. No sé qué me ha pasado. No suelo ser tan torpe —y tampoco los hombres solían afectarla así.

Tanner le dio su taza de café y, tras calmar a Boyo, fue a tranquilizar a los caballos.

Bri se fijó en su firme trasero y, una vez más, se sintió intranquila. Tenía que dejar de mirarlo y centrarse en los caballos.

Tanner les echó un poco de comida en el suelo y los caballos se acercaron pausadamente a por ella.

–Tenemos que desayunar y ponernos en marcha –dijo Tanner, cuando regresó junto al fuego–. Estoy seguro de que Minnich no está recreándose con el desayuno –le entregó a Bri una barrita de cereales.

Estaba tan hambrienta que se la comió antes de que Tanner terminara de apagar el fuego.

Cuando él se levantó y vio el envoltorio, le preguntó:

–¿Quieres otra?

Avergonzada, lo miró y contestó:

–Si hay bastantes...

Tanner mordió la suya y sacó otra de la caja, se la tendió.

–Tenemos que recoger todo.

Ella obedeció, recogió la taza y se dispuso para cargar sus alforjas en la grupa de Chocolate.

–Espera, ya lo hago yo –Tanner se acercó para recoger la otra alforja–. Pesa mucho.

–Puedo hacerlo –dijo ella, pero se calló cuando se percató de que sus rostros estaban muy cerca. Lo miró, respiró hondo e inhaló su aroma. A la luz del día, tenía incluso mejor aspecto que durante la noche. Cuando recuperó la voz, le preguntó–: ¿Qué haces?

–¿Yo? –contestó sorprendido Tanner–. Eres tú la que está batiendo esas pestañas tan largas. ¿Son falsas?

–¿Falsas? –Bri se contuvo para no gritar y no asustar a los animales–. Te diré, Tanner Wolfe, que en mi vida he llevado pestañas falsas... Ni ninguna otra cosa.

Tanner sonrió.

–Lo sé. Eres de verdad –la miró de arriba abajo de forma acalorada.

Bri sintió que se le aceleraba el corazón.

–¿Hay agua?

Sin alejarse de ella, él sacó una botella de su alforja. Ella bebió un trago, pero el agua fría no le sirvió para calmar su ardiente pensamiento. La noche anterior había sido... Perfecta. Era como si se hubieran fusionado en un solo ser, un cuerpo, un alma. Hacer el amor con Tanner había sido la mejor experiencia de su vida, y no podía esperar para hacerlo otra vez...

Bri no fue capaz de contener el grito ahogado que apremiaba por salir de su garganta.

–¿Estás bien? –preguntó él.

–Sí... Lo siento –consiguió decir–. Se me ha debido de atascar la barrita de cereales en la garganta –se volvió para recoger otra alforja al ver que él la miraba con escepticismo.

Veinte minutos más tarde, ya estaban en camino.

Avanzaron en fila por el estrecho camino, y cuando ensanchó lo bastante, Bri se colocó junto a Tanner.

–¿Y si Minnich no ha seguido el curso del río y

116

se ha dirigido hacia las montañas? –preguntó ella preocupada.

–A menos que sepa dónde encontrar más agua, no puede permitírselo. Tiene comida, pero, tarde o temprano, se quedará sin ella. Sin comida puede aguantar un tiempo, alimentándose de brotes y bayas. Pero ¿sin agua? –negó con la cabeza–. A mi juicio, se quedará junto al río –la miró de reojo–. Por supuesto, podría estar equivocado. El agua del deshielo forma muchos arroyos. Si conoce estas montañas, se adentrará en ellas. Pero yo cuento con que no las conoce tan bien.

Bri asintió y comentó:

–A estas alturas te conozco lo suficiente como para estar segura de que crees que él ha seguido este rumbo. No has dudado ni un instante, ¿por qué?

–Porque este camino lleva a la zona más espesa del bosque, la menos transitada por los turistas y los caminantes. Y porque este arroyo está bien señalizado en los mapas.

–Tiene sentido. Debería haberlo pensado antes de haberte hecho esa estúpida pregunta.

–No –Tanner negó con la cabeza–. Puedes preguntarme lo que quieras, Brianna. No hay preguntas estúpidas, a veces solo hay respuestas estúpidas.

–Por algún motivo, creo que tú no das muchas de esas.

Él sonrió al escuchar su cumplido.

Bri agarró las riendas con fuerza para no derretirse y él le cubrió una de las manos con la suya.

–Quédate aquí y monta conmigo, Brianna –dijo él–. Pronto pararemos a descansar un poco y a comer algo.

Aunque pareciera ridículo, Bri se percató de que nunca había disfrutado tanto de montar a caballo.

Boyo iba delante de ellos, olisqueando todo el rato el suelo.

–Boyo es un gran trabajador, ¿verdad?

–Boyo proviene de una familia de perros lobos ganadora de muchos concursos –sonrió–. Y le encanta cazar.

–¿Y Hawk no lo lleva a concursos? –preguntó, tratando de ignorar los efectos de su sonrisa.

–No –se rio Tanner–. ¿Te imaginas a Hawk paseando con Boyo sobre un escenario?

–No hay nada malo en los concursos de perros. Son preciosos.

–Lo sé. Yo veo los concursos de *Animal Planet*. Pero, en serio, Brianna, ¿de veras te imaginas a Hawk en uno de ellos?

–En realidad, no –sonrió ella.

–Lo imaginaba.

–¿De dónde sacó Hawk a Boyo?

–Se lo regaló su padre.

–¿Su padre todavía vive?

–Sí, y se dedica a criar a los mejores perros lobos de Escocia, donde vive –se rio–. Permitió que

Hawk eligiera a un cachorro y él eligió a Boyo. Su padre quedó encantado porque Boyo era el más pequeño de la camada y creía que no serviría para concursar. Resulta que Boyo, aunque era el más pequeño, se convirtió en un animal estupendo que habría sido un gran campeón.

–Bien hecho, Boyo –gritó Bri, y estiró el cuello para ver al animal. Al hacerlo, puso una mueca de dolor.

Como siempre, Tanner no se perdió ni un detalle.

–¿Necesitas un descanso? –le preguntó, y le masajeó el hombro derecho.

Bri suspiró y contestó:

–Sí –admitió–. Lo siento si te estoy retrasando.

Él la miró frunciendo el ceño.

–No me estás retrasando, Brianna. A mí también me vendrá bien un descanso. Y tengo hambre. No hemos desayunado mucho –sonrió–. Y necesito una taza de café tanto como tú.

Ella se rio y notó que se le nublaba la vista. ¿Por qué se le habían llenado los ojos de lágrimas? Se burló de sí misma. No podía ser que le pasara eso solo porque él fuera tan atento con ella. Suspiró con fuerza.

¿Y se había preguntado si sería capaz de manejarlo? «Qué pregunta más absurda», se regañó. Pero claro, en aquel entonces no esperaba enamorarse de él.

«Estúpida», pensó, y detuvo a la yegua en el

claro que él había elegido. Solo una tonta podía enamorarse de un inconformista.

Mientras Tanner desempaquetaba las cosas para la comida, Bri paseó de un lado a otro para estirar las piernas. Después, se acercó al río a lavarse las manos y la cara.

De regreso al campamento, percibió el aroma a café caliente. ¿Pero cómo podía haberlo hecho si no había encendido un fuego? Nada más llegar, Tanner le tendió una taza humeante.

–¿Cómo lo has hecho? –preguntó ella, mirando a su alrededor.

–Esta mañana hice café de sobra y llené uno de los termos –dijo él, y bebió un trago de su taza.

–Debería haberlo pensado –dijo ella, y sopló un poco antes de beber–. ¿Qué hay de comer?

–Ven a verlo. Está preparado –la guio hasta donde había preparado unos sándwiches de mantequilla de cacahuete, manzanas y, por supuesto, chocolatinas.

En menos de una hora, estaban subidos a los caballos otra vez.

No llevaban mucho tiempo montando cuando Bri dijo de pronto:

–Lo siento.

Tanner volvió la cabeza y la miró asombrado.

–¿Por qué?

Ella se humedeció los labios y dijo:

–Ahora me doy cuenta de que no debería haberte obligado a que me trajeras contigo, ni haberte

120

seguido cuando me dejaste en casa de Hawk. Te estoy retrasando, y lo sé.

–Brianna... –comenzó a decir él.

Ella se apresuró a continuar.

–Hacía años que no hacía una cacería a caballo. Bueno, aparte de montar en la finca de mi padre, nunca había estado montada en un caballo tanto tiempo como para que me doliera todo –tomó aire con cansancio y continuó–: Empieza a dolerme el cuerpo entero y...

–Y, como te dije –intervino él–, estás loca –sonrió, provocando que a ella se le encogiera el corazón–. Primero, no me has obligado a nada. Confía en mí, bonita, no dejo que me fuercen fácilmente. Segundo, no podríamos ir mucho más deprisa sin agotar a los caballos, sobre todo al que lleva la carga. Y tercero, pero lo más importante, después de pensarlo un poco, tenía claro que te quería a mi lado.

Durante un instante, Bri sintió que se le paralizaba el corazón.

–Pero dijiste...

Una vez más, Tanner la interrumpió.

–Sé lo que dije. Cambié de opinión –arqueó una ceja–. ¿Creías que solo las mujeres podíais hacerlo?

–No, por supuesto que no, pero...

–Espera –Tanner detuvo al caballo con sigilo y estiró el brazo para detener al de Bri–. Mira a Boyo.

Bri volvió la cabeza y se fijó en que el perro estaba completamente quieto entre la maleza. Incluso desde la distancia, podía ver que estaba temblando.

Boyo había visto algo y estaba dispuesto a pasar a la acción.

Capítulo Diez

–Quieto –le ordenó Tanner en voz baja.

–No puede ser Minnich, ¿verdad? –le preguntó Bri–. Él salió ayer, pero tú tuviste que esperarme. ¿Crees que podemos haberlo alcanzado?

–Sí, pero él no sabía que lo estaban siguiendo hasta ayer, y aun así, pudo pensar que éramos excursionistas –contestó–. ¿Por qué íbamos a haberlo asustado?

–Porque disparaste…

–Puede ser. Pero por otro lado, él te vio, y aparentemente estabas sola…

–Lo estaba –lo interrumpió Bri–. Al menos, creía que lo estaba.

–Cierto, y él también. Así que sí, podría ser él. Se ha metido en el bosque, seguramente para descansar un poco. Tendré que acercarme un poco más.

–¿Vamos a acercarnos?

–Sí –Tanner sacó una cartuchera de una de las alforjas y se la colgó a la cintura. Después sacó la pistola y la metió en la funda. Buscó unos prismáticos y, finalmente, agarró el rifle.

Bri se volvió para sacar el suyo.

Él frunció el ceño.

–¿Crees que necesitarás el arma?

–Voy a llevarla –sonrió ella–. Pero dejaré aquí la pistola.

–Estupendo –suspirando, se movió despacio hacia delante.

Boyo se colocó a su izquierda y Bri a su derecha. No habían llegado muy lejos cuando Tanner y Boyo se detuvieron. Bri hizo lo mismo.

Al otro lado del río, un poco alejado, se veía a un hombre. Estaba de pie, tenía los caballos atados y había montado un campamento bajo unos árboles.

Tanner sacó los prismáticos y miró a través de ellos.

–Es Minnich –murmuró.

De pronto, todo pareció suceder de manera simultánea.

Sonó un disparo y el sombrero de Tanner saltó por los aires. En ese mismo instante, se tiraron al suelo.

Tanner agarró el sombrero y metió el dedo en el agujero que le habían hecho.

–El muy canalla –murmuró–. Creía que esto solo pasaba en las películas.

Boyo aulló y salió corriendo, mientras Tanner y Bri se llevaban sendos rifles al hombro lo más rápido que pudieron.

Sonó otro disparo.

Boyo dio un fuerte gemido y saltó por los aires,

después aterrizó con brusquedad. En el mismo momento, sonaron dos disparos más. Con un grito de dolor, Minnich cayó al suelo.

—Le he dado —Tanner salió corriendo hacia el hombre, y atravesó el río.

—Voy por él —gritó Bri, y salió corriendo hacia Boyo.

Al ver al perro se quedó helada. Estaba quieto y ni siquiera gemía. Al ver que todavía respiraba, se sintió aliviada. Estaba vivo.

Se arrodilló a su lado y lo acarició, manchándose de sangre.

—Canalla es una palabra demasiado suave para ese hombre —murmuró, y le apartó el pelo a Boyo para verle la herida.

Al ver que no sangraba demasiado, suspiró aliviada. Para no regresar hasta los caballos a por el botiquín, se rasgó la blusa a la altura de la cintura, arrancando los botones al tirar de ella.

Cortó varias tiras y las dobló a modo de gasas. Las colocó sobre la herida y presionó suavemente sobre ella. Acababa de cambiarlas por otras limpias cuando Tanner apareció con el botiquín en la mano.

Bri se movió para dejarle acceso a la herida y colocó la cabeza del perro sobre su regazo, que seguía sin moverse.

—Eres muy valiente —murmuró, y lo acarició mientras Tanner mojaba la gasa con agua antes de retirarla de la herida.

El perro gimió un poco mientras terminaban de limpiarle la herida y Bri continuó hablándole para tranquilizarlo.

–Has arriesgado tu vida por nosotros, Boyo. Eres un héroe –le acarició el hocico y él sacó la lengua para lamerle la mano–. Gracias por los besos –dijo ella, y observó que Tanner le ponía una pomada con antibiótico sobre la herida.

Después, Tanner sacó una venda y le cubrió la herida con ella. Más tarde, sacó una jeringuilla y pinchó al animal en la pierna.

Bri lo miró con curiosidad.

–Para el dolor –dijo él–. No quería ponérsela antes de parar la hemorragia –le explicó–. Ahora debe descansar –arqueó las cejas–. Debes de estar muy incómoda con él encima. ¿Quieres que lo mueva?

–No, no, estoy bien –mintió Bri, con todo el cuerpo dolorido.

Tanner sonrió como si supiera la respuesta antes de escucharla.

–Está bien. He avisado a Hawk. En un par de horas llegará con el helicóptero de rescate.

–¿Cómo has contactado con él?

Él sonrió de nuevo.

–Se llama teléfono vía satélite.

Ella lo miró con ojos entornados. De pronto, se acordó de otra cosa.

–¿Y Minnich?

–Tiene un par de balazos, pero está vivo. Lo he

llevado hasta donde están nuestros caballos. Siente mucho dolor, así que lo he dejado muy bien atado, para que sufra por todo lo que ha hecho.

Como si comprendiera lo que ella estaba pensando, Boyo le lamió la mano como para consolarla.

–¿Crees que puede tener sed? –preguntó ella mirando al perro.

–Probablemente –asintió Tanner, y le dio la botella que había utilizado para limpiar la herida–. Todavía queda un poco de agua. No puede levantarse, pero puedes moverle la cabeza para que beba.

Bri sirvió un poco de agua en una taza y le levantó la cabeza a Boyo.

–Venga, Boyo, ayúdame un poquito. Tienes que estar sediento, después de todo lo que has pasado.

–Voy a ir a ver a Minnich –dijo Tanner–. Y después iré a tirar abajo el chamizo que se ha construido.

Bri permaneció abrazando a Boyo en todo momento. Para cuando oyó que se acercaba el helicóptero, le dolía todo el cuerpo por haber estado en la misma postura mucho rato. Habría gritado de contento, pero no tenía energía.

Boyo se había quedado medio dormido a causa del analgésico, pero abrió los ojos y miró al cielo, teñido por la puesta de sol.

–Sí, bonito –dijo ella, y lo acarició otra vez–. Es

tu dueño. Ha venido para llevarte a casa.Ya estás a salvo.

Bri observó que el helicóptero se detenía sobrevolando sus cabezas. Se fijó en que habían montado la línea de salvamento y que Hawk descendía hacia el suelo colgado de un arnés. Tanner lo estaba esperando.

Entre los dos, levantaron a Minnich, quien estaba inconsciente, y lo colocaron sobre la camilla de rescate. Después, hicieron un gesto para que lo elevaran.

Enseguida, Hawk se dirigió adonde estaba Bri con su mascota herida.

—Así que te has llevado el disparo de mis amigos, ¿eh? —le dijo Hawk al perro, en tono de preocupación.

Al oír la voz de Hawk, Boyo comenzó a mover el rabo contra el suelo. Bri pestañeó para contener las lágrimas.

Hawk se arrodilló mientras bajaban otra vez la camilla del helicóptero.

—Muy bien, amigo —dijo mientras metía los brazos bajo el animal para tomarlo—. Aprieta los dientes, porque voy a levantarte —se puso en pie con mucho cuidado y lo llevó hasta donde lo esperaba Tanner.

Bri se levantó también y lo siguió. Tanner retiró una nevera portátil de la camilla y esperó a que Hawk colocara al perro. Después, Hawk se volvió hacia Bri y le dio un fuerte abrazo.

–Gracias por cuidar de él, Brianna –dijo, con voz entrecortada.

–¿Crees que se pondrá bien? –preguntó ella.

Él asintió y esbozó una sonrisa.

–Es muy duro. Vivirá para conocer a sus cachorros.

–Pero… –comenzó a decir ella, confundida por su comentario.

–Tengo que irme –se volvió para estrechar la mano de Tanner y darle un abrazo–. Gracias, amigo.

–Para lo que quieras –Tanner dio un paso atrás. Hawk se puso el arnés y esperó a que lo subieran hasta el helicóptero.

La cacería había terminado.

Bri esperó a que el helicóptero se perdiera de vista. Cuando miró a su alrededor, se fijó en que Tanner no solo había montado el campamento, sino que también había montado la tienda de campaña y había acercado a los caballos.

–Veo que has estado muy ocupado mientras esperabas al helicóptero –dijo ella, sintiéndose una pizca culpable por no haberlo ayudado–. Siento no haber podido…

–Yo no necesitaba ayuda. Boyo, sí.

Al oír el nombre del perro, Bri notó que se le llenaban los ojos de lágrimas. Tanner se acercó a ella y la abrazó.

–No te preocupes, Bri. Se pondrá bien. Es un perro duro. Ahora… –sonrió y movió las cejas mientras miraba la nevera que Hawk les había llevado–. Comamos.

–¿Hawk nos ha traído la cena?

Él asintió.

–Supongo que se imaginó que estaríamos hartos de la comida de batalla.

–Y tenía razón. ¿Qué ha traído? –preguntó hambrienta.

Tanner comenzó a sacar cosas de la neverita.

–Chile… Pan… y café de verdad.

Bri suspiró.

–Qué maravilla.

–E incluso nos ha traído postre –dijo él, y sacó unos *brownies*.

–Estupendo –contestó ella, mientras se le hacía la boca agua.

Puesto que estaba casi anocheciendo, Tanner encendió una hoguera antes de sentarse a cenar.

–¿Tienes frío? –preguntó él, al verla tiritar. Sin esperar a que contestara, le colocó la chaqueta sobre los hombros.

Ella suspiró y sonrió en silencio para darle las gracias.

Todo estaba buenísimo. La comida la había calentado por dentro y el fuego y la chaqueta mantenían su calor. Bri le dio las gracias a Hawk en silencio y, al recibir su segunda taza de café, suspiró satisfecha.

–¿Te sientes mejor?

–Mucho mejor, gracias –contestó ella. Se quedó contemplando el fuego un instante y comentó–: Tanner, Hawk dijo algo acerca de que Boyo llegaría a ver a sus cachorros –dijo ella–. ¿Qué quería decir?

–Lo que dijo. Hawk tiene una amiga que se dedica a la cría de perros lobos, y de vez en cuando le pide cruzar a Boyo con una de sus mejores hembras. Sus cachorros nacerán cualquier día de estos.

–Seguro que son preciosos.

–Hasta el momento, todos lo han sido. Y alguno ha ganado concursos –la miró con una sonrisa–. Estoy seguro de que Hawk tenía razón… Boyo conocerá a la próxima camada y a muchas otras.

Bri permaneció en silencio unos instantes.

–¿Y Minnich? –preguntó al fin.

Tanner se puso serio.

–Oh, él sobrevivirá para enfrentarse a un juicio –la miró–. Y por cierto, le hemos dado los dos. Yo, en el muslo, y tú, en el hombro. Ahora, olvídate de él. No merece que pienses en él ni un momento más.

–Sí –admitió Bri, y tragó para deshacer el nudo que tenía en la garganta–. Estoy agotada. Vamos a recoger todo esto para poder acostarnos.

–Vete –le ordenó él–. Yo recogeré –arqueó una ceja–. ¿Quieres que caliente un poco de agua para que puedas darte un baño a la taza?

–Oh, eso sería maravilloso, Tanner. Gracias –se levantó.

–Ve a prepararte. Estaré contigo dentro de unos minutos.

Brianna se dirigió a la tienda, se quitó la ropa y se cubrió con una toalla. Tanner entró con un termo de agua caliente y una taza.

–Tómate el tiempo que necesites –dijo él–. Yo voy a lavarme al río.

Bri se limpió con la toalla y trató de disfrutar al máximo de la taza de agua caliente que se vertía por el cuerpo.

Imaginó que con ella conseguiría limpiar no solo la suciedad, sino también el horror que había visto durante el día. El dolor que había soportado viendo sufrir a su hermana. Todo había terminado, pero no conseguía olvidarlo.

Cuando se terminó el agua, se secó y se vistió con otras mallas de ropa interior y otros calcetines. Acababa de salir de la tienda cuando Tanner regresó al campamento.

–¿Mejor?

–Sí –contestó ella. Se sentía limpia, pero estaba agotada física y emocionalmente. Quizá por eso, se derrumbó.

Incapaz de contener las lágrimas, rompió a llorar.

Corrió a la tienda y se metió rápidamente en el saco.

–¿Qué ocurre, Brianna? –preguntó Tanner con

preocupación. Se acostó junto a ella y la estrechó entre sus brazos–. Tranquila, todo ha terminado –murmuró él–. ¿Por qué lloras?

–Estaba pensando en Dani –gimoteó–. Puede que ahora abra la puerta de su habitación y se reúna con la familia para comer. Quizá pueda comenzar a vivir otra vez.

–Estoy seguro de que será así –Tanner le acarició el cabello–. Quizá podáis convencerla de que busque ayuda de un profesional.

Bri asintió, pero no consiguió dejar de llorar durante lo que le pareció una eternidad.

Cuando se tranquilizó, agarró el pañuelo que le ofrecía Tanner y se secó los ojos:

–Gracias –le dijo.

–De nada.

–Te he mojado la camisa.

–Se secará –susurró él–. Ahora, duérmete.

–Una cosa más –lo miró a los ojos–. Puesto que ya hemos terminado la búsqueda, ¿mañana también tenemos que levantarnos al amanecer?

Él se rio.

–No, bonita, no hace falta. Puedes dormir más rato. Pero hay que tener tiempo de desayunar y de recoger nuestras cosas. Hawk dijo que enviaría un helicóptero a recogernos a media mañana.

–¿Y los caballos?

–Los vaqueros amigos de Hawk vendrán para cuidarlos y llevarlos a casa.

–Muy bien –bostezó Bri, agotada.

Tanner agachó la cabeza para darle un beso de buenas noches en la boca.

Pero, igual que la noche anterior, el beso desató una fuerte pasión entre ambos. De pronto, Bri estaba completamente despierta, agarrándolo del pelo para acercarlo más a su cuerpo y besándolo también.

—Brianna, estás muy cansada. ¿Estás segura de que…?

—Sí, quiero —dijo ella, y le acarició el torso—. Quiero tus besos, tu cuerpo, todo tú.

—Y yo también quiero lo mismo de ti —murmuró Tanner, ardiente de deseo.

Después de desnudarse de forma apresurada, Tanner la besó en los labios, en el rostro, en los senos y más abajo. Cuando la besó en la entrepierna, ella gimió de placer. Antes de que su gemido se desvaneciera, él la penetró, aumentando su placer al máximo. Esa vez, llegaron al éxtasis al mismo tiempo.

—Ha sido estupendo —murmuró ella, y se acurrucó contra él. Al momento, se había quedado dormida.

—Tú eres estupenda —susurró Tanner. Y consciente de que ella ya no lo escuchaba, añadió—: Y te quiero.

El helicóptero los dejó en la pista de aterrizaje de la casa de Hawk. Bri llevó sus cosas a la casa y esperó a que Tanner abriera la puerta con la llave que Hawk le había dejado. Hawk se había quedado en la ciudad, puesto que Boyo estaba ingresado en la clínica veterinaria.

Nada más entrar, dejó todo menos la mochila en el suelo y se dirigió al baño.

–¿Qué prisa tienes? –preguntó él–. ¿Quieres comer algo?

–No. Quiero meterme en una bañera de agua caliente durante horas. Después, querré comer algo.

Tanner se rio. Ella podía oírlo desde la habitación en la que había dormido unos días antes. Se quitó la ropa sucia, agarró un conjunto de ropa interior limpia y se metió en el baño.

Bri no se bañó durante horas. Solo permaneció en el agua hasta que se enfrió. Después, abrió la ducha y se aclaró antes de enjabonarse el cabello.

Sintiéndose mucho mejor, regresó a la habitación, se vistió y salió en busca de comida. Después de una buena comida, se metió en la cama. Empezaba a oscurecer cuando Tanner la despertó con un ligero golpecito en la puerta.

–¿Brianna? He preparado algo de cena. ¿Tienes hambre?

–Estoy hambrienta –contestó ella. El ejercicio sexual y el desgaste emocional debían de haberle abierto el apetito–. Dame cinco minutos.

–Tómate diez –dijo él, en tono animado–. Te esperaré.

Nueve minutos más tarde, Bri entró en la cocina vestida con unos pantalones vaqueros y una camiseta.

–¿Qué es lo que huele a picante tan rico?

–Pasta con salsa marinara –sonrió Tanner–. Te he servido una copa de chianti. Sírvete tú misma la pasta.

La comida estaba deliciosa, y el chianti resultó ser el complemento perfecto para la pasta. El café de después, maravilloso, y la tarta de manzana que Tanner había encontrado en el congelador y había horneado, el postre perfecto.

–Nos iremos a primera hora de la mañana –dijo Tanner, cuando terminaron de cenar.

Bri se alegró de que no hubiera sugerido marcharse esa misma noche, seguía muy cansada y necesitaba dormir.

Juntos, recogieron la cocina y la dejaron impoluta, como a Hawk le gustaba tenerla. Después, se tomaron la última copa de vino hablando de cosas mundanas, hasta que Tanner se puso en pie y se desperezó diciendo que estaba listo para acostarse. Puesto que Bri también estaba preparada, ella fregó las copas y él las secó.

Estaban tan cansados que esa noche durmieron en camas separadas.

A la mañana siguiente, Tanner la despertó temprano. Brianna había dormido bien y notaba que ya no le dolía el cuerpo. En menos de una hora, estaban en la carretera.

Bri se alegraba de regresar. Al menos eso era lo que se repetía a sí misma. En realidad, a medida que se alejaban, se sentía cada vez más deprimida. Trató de convencerse de que era debido a la tensión que había acumulado durante la cacería, y que no tenía nada que ver con la idea de dejar a Tanner y la posibilidad de no volverlo a ver.

–Has estado muy callada –dijo él, cuando pararon a un lado de la carretera para comer y descansar un poco–. ¿Te pasa algo?

–No –Bri negó con la cabeza–. Estaba pensando en el regreso a casa.

–Oh –permaneció en silencio durante un momento–. Supongo que estás deseando ver a tu hermana y a tus padres.

–Sí, por supuesto, aunque a estas alturas ya se habrán enterado de la captura, supongo.

–Sí.

La conversación no era nada emocionante, sino más bien apagada. Bri sentía muchas ganas de llorar, algo que no tenía mucho sentido. Por fin regresaba a casa. Debería sentirse eufórica y no tan alicaída, ¿no?

Cuando terminaron de comer, Tanner no arrancó el coche, sino que permaneció quieto, agarrado al volante.

–Te quiero, ¿sabes? –el tono de su voz era frío, teñido con cierto toque de dolor.

Bri dejó de respirar un instante. Cuando por fin pudo tomar aire otra vez, lo miró con asombro. Era tan atractivo que hacía que le doliera el corazón.

–Yo también te quiero, Tanner.

–No puede funcionar –dijo él con expresión de tristeza.

Bri notó que se le llenaban los ojos de lágrimas y tuvo que tragar saliva antes de hablar.

–Tanner, ¿no podríamos encontrar…?

Él la hizo callar haciendo un gesto negativo con la cabeza.

–No, Brianna, y lo sabes tan bien como yo. Tú perteneces al este, y te dedicas a investigar en la biblioteca. Yo pertenezco a otro sitio, a algún sitio, a cualquier sitio. No voy a cambiar. Soy lo que hago.

–¿No podríamos trabajar juntos? –preguntó ella en tono de súplica–. ¿He sido tanta carga para ti?

Él le dedicó una de sus mejores sonrisas.

–No, mi amor. He disfrutado mucho teniéndote a mi lado. Pero esta ha sido una cacería corta y bastante fácil. La mayoría no son así. Y ya te dolía todo cuando por fin lo atrapamos. A veces, me voy durante semanas enteras. Simplemente, nuestra relación no podría funcionar.

Las lágrimas comenzaron a rodar por sus mejillas.

–Tanner…

–Brianna, no. Me estás destrozando –la abrazó, y cerró los ojos para no ver el dolor–. Ojalá todo pudiera ser diferente, pero desear algo no cambia las cosas. El tiempo que he pasado contigo ha sido maravilloso. Probablemente, más de lo que merezco. Pero ha terminado. Vivimos en dos mundos diferentes, y el mío es demasiado peligroso para arriesgarme a que la mujer a la que quiero resulte herida.

Aceptando sus palabras como algo definitivo, Bri permaneció en silencio y, sintiéndose muy desdichada, durante casi todo el trayecto hasta Durango. ¿Qué más podían decir? Era muy tarde cuando Tanner detuvo el coche frente al Strater Hotel, donde Bri había mantenido la reserva de su habitación.

Bri agarró la manija de la puerta del coche y dijo:

—Adiós, Tanner. Mañana te enviaré un cheque por un millón de dólares.

—No lo quiero, Brianna. Esta vez corre de mi cuenta.

Ella negó con la cabeza.

—No. La recompensa es tuya. Te la has ganado. No te molestes en devolverlo. Recuerda, mi padre es banquero. Le resultará muy fácil depositarlo en tu cuenta.

—De acuerdo, tú ganas.

Bri sentía ganas de llorar, pero se contuvo. Se volvió hacia la puerta y él la detuvo, sujetándola por la nuca, volviéndole la cabeza y besándola con pasión.

Cuando la soltó, se colocó de nuevo al volante y dijo con expresión pétrea:

–Adiós, Brianna.

Bri estuvo a punto de cerrar dando un portazo. La voz de Tanner la detuvo nada más pisar el asfalto.

–Cuídate.

–Tú también –dijo ella, sintiéndose incapaz de mirarlo. Una vez dentro del hotel, oyó alejarse el coche y continuó caminando sin mirar atrás, consciente de que él se había llevado su corazón.

Capítulo Once

Bri había regresado a su apartamento hacía dos días, y el dolor que sentía seguía siendo insoportable. Se le había metido bajo la piel, haciendo que se sintiera desgraciada.

Cuando Tanner la llamó, no pudo contener las lágrimas.

–Hola, Brianna, ¿cómo estás? ¿Qué tal tu vuelo de vuelta?

El sonido de su voz provocó que se le acelerara el corazón.

–Estoy bien. Y el vuelo fue bien –contestó ella, tratando de recuperar la respiración–. ¿Tú cómo estás, Tanner?

–Bien.

Bri frunció el ceño. ¿Era eso todo lo que él tenía que decirle?

–Me alegro –contestó ella. ¿Qué más podía decirle? ¿Que le echaba tanto de menos que le dolía el alma? ¿Para qué? Él le había dejado claro que no podían mantener una relación–. ¿Cómo está Boyo? –preguntó al fin.

–Se pondrá bien. Sigue en la clínica, pero le han retirado la bala y solo tiene que esperar a que se le cure la herida. Y hay otra noticia. Sus cachorros nacieron ayer por la mañana. Siete, en total.

–Un buen número. Me encantaría verlos. ¿Tú los has visto ya?

–No, todavía no –hizo una pausa–. ¿Cómo está Dani?

–Mejor. Al menos ya abre la puerta de su habitación y se reúne con mis padres para comer. Pero no sale mucho, y nunca sola.

–Le llevará tiempo –volvió a hacer una pausa, como si no tuviera nada más que decir.

–Lo sé –dijo ella–. Lo bueno es que ha aceptado recibir la ayuda de un profesional.

–Eso está muy bien –dijo él–. Ah, además de llamarte para ver cómo estabas, quería contarte que he aceptado otro trabajo.

Durante un segundo, al oír la palabra «trabajo» deseó que se estuviera refiriendo a un trabajo normal, de nueve a cinco.

–Otra cacería –dijo ella, regañándose en silencio por desear algo que no era posible.

–Sí. Esta vez en la ciudad –continuó antes de que ella pudiera intervenir–. Un desfalcador sospechoso de haber actuado en gran parte de Los Ángeles.

–¿Conoces bien la ciudad? –Bri ya estaba muy preocupada y él ni siquiera se había marchado todavía.

–No como las montañas –admitió él–, pero lo encontraré –dijo con seguridad.

–Sé que lo harás –Brianna respiró hondo–. ¿Intentarás que no te hagan daño mientras lo buscas?

Él se rio.

–Haré todo lo posible.

Ella trató de reírse, pero el nudo que tenía en la garganta no se lo permitió. No quería que él siguiera cazando personas, al menos, no sin que ella lo acompañara.

–¿Brianna? –la llamó en tono de preocupación.

–¿Sí?

–Pensé que habías colgado –hizo otra pausa, como si tuviera problemas para encontrar las palabras–. Yo… Será mejor que cuelgue. Me voy mañana y todavía tengo que preparar las cosas.

–De acuerdo. Adiós, Tanner. Ten cuidado –deseaba abrazarlo, protegerlo. Estúpida.

–Haré todo lo que pueda –dudó un instante, y dijo–: Te echo de menos, Brianna.

Tanner colgó antes de que ella pudiera contestar. No le importó, tampoco estaba segura de poder hablar. Al menos, sin llorar. Permaneció con el teléfono en la mano, sin darse cuenta de que se oía la señal para llamar, ni de que las lágrimas rodaban por sus mejillas.

«Brianna».

Tanner se quedó inmóvil, con el teléfono en la mano. Cerró los ojos para tratar de calmar el dolor, el deseo, y el sentimiento de vacío que se apoderaba de él. Nunca había sentido tanta nostalgia como la que sentía por ella, por su risa, por el brillo de su mirada.

«Maldita sea», pensó para sí. Estar enamorado provocaba mucho dolor. En su cuerpo, y en su alma.

Suspirando por lo que nunca podría tener, se ordenó dejar de soñar como un niño y ponerse en marcha. Tenía trabajo que hacer. Pero por mucho que lo intentara, no conseguía olvidarse de que echaría de menos que Brianna trabajara con él.

Las semanas siguientes fueron agotadoras para Brianna. Había pasado la primavera y, con ella, los exámenes finales de la universidad. Aunque siempre quedaban los estudiantes de los cursos de verano, en la biblioteca había mucho menos movimiento.

Bri estaba aburrida, inquieta, y hambrienta de algo que no tenía nada que ver con la comida. Cuando no trabajaba en la biblioteca, se esforzaba por mantenerse ocupada. Rechazaba todas las invitaciones para salir que le hacían sus amigas, e incluso algunos hombres. Solo le interesaba un hombre, y él estaba poniendo su vida en peligro para encontrar a un delincuente. Bri tenía que hacer grandes esfuerzos para no pensar en ello.

La mayor parte de su tiempo libre lo pasaba en casa de sus padres, con su hermana. Dani seguía sin salir mucho de casa, y temía el día que tuviera que testificar contra Jay Minnich, a quien habían extraditado de Colorado a Pensilvania. Y aunque el hombre estaba entre rejas y no iba a salir pronto, Dani todavía tenía miedo de salir sola, si era que salía para algo.

Mientras Bri trataba de animar a su hermana, notaba que la preocupación que sentía por Tanner la estaba comiendo por dentro. Él no había vuelto a llamar. ¿Estaría a salvo? ¿O no llamaba a propósito para demostrarle que su relación había terminado para siempre?

Ella lloraba a menudo y apenas dormía por las noches. Y fue en una de esas noches que pasaba sin dormir cuando sonó el teléfono y le dio un susto de muerte.

¿Les habría sucedido algo a sus padres? ¿A Dani? Antes de que el pánico se apoderara de ella, Bri miró la pantalla del teléfono. Era un teléfono móvil y no reconocía el número. Tras dudar un instante, contestó con cautela.

–¿Diga?

–¿Brianna?

La voz de Tanner le resultó extraña.

–¿Tanner? ¿Eres tú?

–Sí –murmuró él–. Siento despertarte.

–Oh, no importa –no le contó que apenas dormía–. ¿Dónde estás? Tienes la voz rara. ¿Estás bien?

–Sí, sí, no te preocupes –susurró él–. Mi voz te

parece extraña porque tengo la mano alrededor del micrófono, para que nadie pueda oírme. Sigo en Los Ángeles, en una cafetería de las que abren las veinticuatro horas.

–¿Qué diablos haces ahí? –preguntó ella, consciente de que era una pregunta absurda.

–Te aseguro que no estoy disfrutando –murmuró–. Estoy trabajando, ¿recuerdas?

–Sí, por supuesto –dijo ella–. ¿Has avanzado algo con la búsqueda?

–Sí, estoy prácticamente pisándole los talones –contestó satisfecho–. Pero no te he llamado por eso. Mañana, en algún momento, recibirás un envío. Puesto que es sábado, espero que estés en casa.

–¿Un envío? –Bri frunció el ceño–. Me quedaré en casa hasta que llegue, pero ¿qué es?

–No tengo tiempo de contártelo ahora –dijo él–. En una carta te lo explico todo. Ahora tengo que irme.

–Está bien. Adiós –se contuvo para no protestar–. Por favor, cuídate.

–Siempre –susurró él–. Adiós, Brianna –se hizo una pausa y ella pensó que había colgado–. Te echo de menos. Y te quiero, Brianna –añadió después.

Y colgó.

«Te quiero».

Bri recordó sus palabras durante el resto de la noche, y sintió que se le calentaba el corazón a pesar de que el temor que sentía por que a él pudiera pasarle algo, le helaba los huesos. A primera hora de la mañana, había tomado una decisión. Regresaría a Durango, para estar con Tanner, para ser su compañera.

Tanner decía que la amaba y ella sabía que estaba enamorada de él. De acuerdo, su trabajo era peligroso, pero Bri sabía que podría controlar el peligro siempre y cuando estuviera junto a Tanner.

Con el sol de verano entrando por las ventanas, Bri comenzó a recoger sus cosas. Metería todo lo que cupiera en su coche y el resto lo enviaría más tarde. Había decidido que mantendría su casa, para cuando regresara a visitar a sus padres y a Dani. A partir de entonces, su hogar estaría donde estuviera Tanner.

A media mañana, su salón estaba lleno de maletas, el equipo de caza y montones de cosas más. Mirando a su alrededor, Bri se preguntaba cómo había podido reunir tantas cosas cuando llamaron al timbre.

El envío que Tanner le había comentado que recibiría. Con tanta actividad, se había olvidado por completo. Se dirigió a la puerta, abrió y permaneció quieta, mirando con cara de asombro al mensajero.

En una mano, el hombre llevaba una caja para transportar animales. En la otra una caja grande.

–¿Señorita Stewart?

Ella asintió, confusa. Podía ver que algo se movía en el interior de la caja. El mensajero entró en la casa, dejó las cosas en el suelo y le mostró una pequeña carpeta.

–Necesito que me firme aquí.

Bri firmó donde él le indicaba, sonrió y murmuró:

–Gracias –después, cerró la puerta tras de sí.

Con cuidado, agarró la caja y se fijó en que había un sobre pegado a ella. Leería la carta más tarde. Primero quería ver el contenido.

–Ooh. Hola, pequeño.

El cachorro gimió y movió el rabo emocionado. Aunque no se parecía mucho a Boyo, Bri sabía que era uno de sus hijos. Era adorable.

Dejó la caja en el suelo otra vez, agarró el sobre y sacó la carta que había en su interior.

Brianna, este cachorro no es para ti. Te escribo esta nota antes de marcharme a Los Ángeles y de dársela a Hawk con instrucciones. Estoy seguro de que sabes que el cachorro es uno de los hijos de Boyo. Era la perrita más pequeña de la camada. Le pedí a Hawk que llevara a Boyo a ver a sus cachorros en cuanto se recuperara, y que eligiera uno de ellos. Hawk me llamó para contarme que lo había hecho, y que Boyo había señalado a la hembra más pequeña.

Está vacunada, pero no tiene nombre. Es un re-

galo para Dani, y es a ella a quien corresponde ponérselo. Dentro de la otra caja, Dani encontrará comida y demás utensilios para empezar a cuidarla. También hay un librito con información sobre la raza.

Dile a Dani que no hace falta que tenga tanto miedo, puesto que el cachorro está con ella. Como sabes, crecerá bastante, aunque no tanto como Boyo. Será fiel y cariñosa. Y estará dispuesta a dar la vida por su dueña... como tú sabes por experiencia.

Un beso,

Tanner

A Bri le rodaban las lágrimas por las mejillas cuando terminó de leer la carta. Adoraba a ese hombre atractivo, sexy, compasivo, maravilloso y, a veces, arrogante.

Secándose las lágrimas con las manos, Bri agarró el bolso, recogió las cajas y salió de su apartamento.

Diez minutos más tarde entraba en casa de sus padres. Su madre estaba bajando por las escaleras y la miró con cara de sorpresa.

–Bri, ¿por qué tanta prisa?

–Dani –dijo ella mirando alrededor–. ¿Dónde está Dani?

–En la piscina, pero… ¿Qué llevas ahí? –le gritó a Bri mientras su hija salía al jardín.

–Ven, ven –la llamó Bri–. Ven a ver.

Al ver a Bri tan apresurada, Dani puso la misma cara de sorpresa que su madre.

–Bri, ¿qué…? –fue todo lo que pudo decir.

–Mira –dijo Bri, y le mostró la caja–. Es para ti.

–¿Para mí? Pero… ¡Oh, cielos! Es un cachorro.

–Lo sé –se rio Bri–. Es tu cachorro –mientras Dani trataba de abrir la caja, Bri añadió–: Espera. Antes de que la saques, quiero darte esto –le entregó la carta.

Dani comenzó a leer en voz alta. No pasó mucho tiempo antes de que los ojos se le llenaran de lágrimas. No importaba, porque Bri y su madre también tenían los ojos llorosos.

–Oh, Bri, qué regalo tan bueno. Tanner parece un hombre estupendo.

–Lo es… –dijo Bri con un nudo en la garganta–. Ya puedes sacarla. Y no olvides que debes ponerle un nombre.

Dani sacó a la perrita con cuidado.

–¡Es preciosa! –abrazó a la bolita de pelo contra su pecho y se rio cuando el animal empezó a lamerle la cara.

Riéndose de verdad, por primera vez desde que le sucedió la terrible experiencia, Dani miró a Bri y a su madre.

–No tengo que pensar mucho –les dijo, riendo y llorando al mismo tiempo–. Solo hay que mirarla. Cómo puede llamarse sino Beauty.

–Perfecto –se rio Bri–. Ahora déjamela y permite que yo me lleve alguno de esos besos.

Bri se quedó a cenar en casa de sus padres. Durante la cena, con Dani a su lado, les explicó lo que pensaba hacer.

Sus planes provocaron una pequeña discusión durante la cual, sus padres le mostraron su preocupación y, aunque Dani no dijo nada, sonrió y levantó los pulgares indicándole que ella la apoyaba.

Al final, por supuesto, Bri se mantuvo firme en su decisión. Al día siguiente, metió sus cosas en el maletero y en el asiento trasero del coche y se dirigió hacia el oeste.

Bri se disponía a hacer su propia cacería.

Era media tarde cuando Bri entró en Durango después de un largo viaje. Antes de registrarse en el Strater Hotel, como había hecho otras veces, se detuvo en el primer sitio de aparcamiento que vio, sacó el teléfono del bolso y llamó a casa de Tanner. Para su sorpresa, él contestó al segundo timbrazo.

–Wolfe al habla.

Aliviada por saber que él había regresado sano y salvo, lo saludó.

–Hola, Wolfe, ¿cómo estás?

–¡Brianna! ¿Has recibido mi mensaje?

Ella frunció el ceño.

–¿Qué mensaje?

–Te llamé ayer, a los diez minutos de llegar a casa, y te dejé un mensaje en el contestador.

Bri se quejó para sí. Siempre revisaba los mensajes del contestador automático, pero el día anterior no lo había hecho.

–No, no lo he oído. Es que no estoy en casa, Tanner.

–¿Dónde estás? –preguntó sorprendido.

–Estoy aquí, en Durango, a poca distancia de tu casa.

Él se quedó en silencio un momento.

–Entonces, ven ahora mismo. ¿Me has oído?

Ella sonrió.

–Sí, Tanner, te he oído. Estaré ahí en unos minutos.

–Más te vale.

Bri solo sacó dos cosas del coche. Llevaba una en cada mano cuando llamó al timbre de casa de Tanner. Cuando se abrió la puerta, comenzó a reír.

Tanner estaba apoyado en el marco de la puerta con el cabello suelto. En una mano tenía una bolsa de chocolatinas. En la otra, las tiras doradas de las sandalias que ella llevaba puestas el día que él la recogió.

–Hola –dijo él, y la dejó pasar.

–¿Dónde las has encontrado? –preguntó ella–. Me he vuelto loca buscándolas.

–Estaban metidas bajo el asiento de mi coche –se rio él–. Si lo recuerdas, las tiraste a la parte de atrás cuando te pusiste las botas.

–Gracias por encontrarlas, son mis favoritas.

–Las mías también –miró sus manos–. ¿Y tú qué llevas ahí? –señaló la tela doblada que llevaba en una mano y la sombrerera redonda que llevaba en la otra.

–Esto, creo que es tuyo –le entregó la tela.

Él reconoció el pañuelo que le había prestado la última noche de cacería.

–Y esto es un regalo para ti –le dijo, y le entregó la sombrerera.

Él la miró asombrado.

–¿Un regalo para mí? ¿Por qué ibas a comprarme una sombrerera antigua?

Ella lo miró y suspiró con impaciencia.

–Ábrela y descúbrelo por ti mismo, Tanner.

Tanner le entregó las sandalias, el pañuelo y la bolsa de chocolatinas. Después agarró la sombrerera y la dejó sobre el sofá. Desató los lazos y abrió la tapa con cuidado.

–¿No va a saltarme nada a la cara?

–Tanner, ¡por favor! –Bri negó con la cabeza–. Eres un tipo duro. Abre la maldita caja.

Riéndose, él abrió la tapa y sacó un sombrero Stetson con cuidado.

–Brianna… ¿Por qué?

–Ese no tiene un agujero de bala –dijo ella con una sonrisa–. Yo me he comprado uno exactamente igual.

–Eres tremenda –dijo él, y se puso el sombrero antes de estrecharla entre sus brazos y agradecérselo con un beso apasionado.

Se separaron por un solo motivo. Para respirar. Cuando Tanner agachó la cabeza otra vez, Bri apoyó una mano temblorosa contra su pecho para detenerlo.

Respiró hondo y dijo:

–Tanner, espera. Tenemos que hablar.

–Podemos hablar más tarde –dio un paso adelante y la acorraló contra la pared–. Primero tenemos cosas más importantes que hacer.

–No –negó con la cabeza y levantó la mano para separarlo–. No, Tanner. No he venido para acostarme contigo –soltó una risita–. Al menos, no solo para eso.

–Está bien. ¿Qué es lo que quieres?

–A ti.

–Pero acabas de decir…

–Te quiero a ti, ¡maldita sea! –lo miró a los ojos–. Quiero ser tu pareja, en todos los aspectos de tu vida. En el matrimonio, en el trabajo… Y me refiero a las cacerías… Y también en la cama.

Tanner arqueó una ceja y la miró fijamente.

Ella lo imitó y dijo:

–No me mires así. No me impresionas, ni me intimidas. Oh, Tanner –murmuró, y le acarició el rostro–. Te quiero. Y quiero estar contigo.

–No puede salir bien –dijo él, y le cubrió la mano con la suya–. Te pondrás muy nerviosa esperándome en casa, preocupada por mí. Y algunos trabajos requieren que me ausente durante semanas. Diablos, he estado más de un mes en Los Ángeles.

–No me has escuchado, Tanner –lo regañó–. He dicho que quiero estar contigo en todos los aspectos –le acarició la mejilla y sonrió al ver que relajaba la expresión de la cara–. Eso incluye las cacerías. Necesitas a alguien que te cubra las espaldas, y yo estoy dispuesta a ser ese alguien.

–Sí, ¿no? –se acercó un poco más y presionó el cuerpo contra el de ella–. Un anillo en tu dedo y otro en mi nariz, ¿no?

–Oh, no seas tonto –dijo ella, y sonrió mientras le acariciaba el contorno de los labios con un dedo–. Los anillos en la nariz están pasados de moda –se calló cuando él le atrapó el dedo con los dientes y se lo metió en la boca.

Con sus cuerpos pegados, Bri podía sentir que estaba listo para ella. Había llegado el momento de sacar su última arma.

–Tanner, te quiero. Y seguiré queriéndote independientemente de que estés aquí o de cacería. Preferiría morir contigo en una búsqueda que vivir sin tenerte a mi lado.

–No juegas limpio –murmuró él, y la besó en el cuello.

–No cuando juego con una apuesta elevada –arqueó el cuerpo contra el de él y notó su miembro erecto–. Dame una respuesta ahora mismo o te prometo que me iré pitando.

–No, no lo harás –le sonrió.

–No –admitió ella, y le rodeó el cuello con los brazos–. No lo haré.

Él se rio.

–Estás un poco loca, pero me gustas así. Brianna, mi amor, ¿te casarás conmigo y me cubrirás las espaldas durante las cacerías?

–Oh, Tanner, sí, sí, sí –le plantó un beso en los labios. Al ver que él comenzaba a desabrocharle la blusa, le agarró la mano y dijo–: Espera, hay algo más.

Tanner se quejó.

–Brianna, me estás matando. Estoy a punto de salir ardiendo.

–Oh, cielos, no –dijo ella.

–Entonces, ¿qué? –preguntó impaciente.

–¿Podemos hacerlo en la cama esta vez?

Tanner comenzó a reírse a carcajadas, la tomó en brazos y la llevó hasta el dormitorio.

–Oh, mi amor, tengo una cama para ti.

Era una cama enorme. Perfecta para dos amantes apasionados.

Tanner le hizo el amor a Brianna con el sombrero puesto.

Una desconocida en mi cama

Natalie Anderson

Al volver a casa tras una misión de salvamento y un largo vuelo en avión, en lo único en lo que podía pensar James Wolfe era en dormir, y al encontrarse a una hermosa desconocida dormida entre sus sábanas se enfureció.

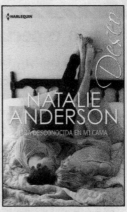

A Caitlin Moore, una celebridad caída en desgracia, un amigo le había ofrecido un sitio donde quedarse, y no iba a renunciar a él tan fácilmente. De mala gana llegó a un acuerdo con James, pero con las chispas que saltaban entre ellos, que podrían provocar un apagón en todo Manhattan, iba a resultar casi imposible que permanecieran cada uno en su lado de la cama.

¿De verdad era un buen acuerdo
compartir cama?

¡YA EN TU PUNTO DE VENTA!

Bianca

Se dio cuenta de que seducirla era la diversión perfecta y quería que se convirtiera en su última conquista

La prensa le había dado muy mala fama a Leo Valente, y no sin razón, pero Dara Devlin era una mujer luchadora y no se iba a dejar desanimar tan fácilmente. Necesitaba el castillo familiar que pertenecía a Leo para organizar la boda de una importante clienta, así que, a cambio, había tenido que aceptar ser su novia por una noche.

Si Dara había pensado que su sensatez y su profesionalidad iban a disuadirlo, estaba muy equivocada. ¡Solo habían hecho que Leo la desease todavía más!

RECUERDOS EN EL OLVIDO
AMANDA CINELLI

Deseo

ILUSIÓN ROTA

BARBARA DUNLOP

En la encarnizada lucha de poder por el testamento de su padre, Angelica Lassiter había salido finalmente victoriosa y de nuevo estaba al mando de la empresa familiar. Pero el enfrentamiento había destrozado la relación con su novio. Sin embargo, iban a tener que fingir que seguían siendo una pareja enamorada para que sus mejores amigos tuvieran la boda de sus sueños.

Evan McCain aceptó encantado su papel en la fingida reconciliación, pues la pasión ardía aún entre ellos.

¿Podrían darse una segunda oportunidad como pareja?

[9]